명품 인생,
해답은 사랑이더라

명품 인생, 해답은 사랑이더라

발행일	2018년 8월 17일

지은이	이 영 인		
펴낸이	손 형 국		
펴낸곳	(주)북랩		
편집인	선일영	편집	권혁신, 오경진, 최승헌, 최예은, 김경무
디자인	이현수, 김민하, 한수희, 김윤주, 허지혜	제작	박기성, 황동현, 구성우, 정성배
마케팅	김회란, 박진관, 조하라		
출판등록	2004. 12. 1(제2012-000051호)		
주소	서울시 금천구 가산디지털 1로 168, 우림라이온스밸리 B동 B113, 114호		
홈페이지	www.book.co.kr		
전화번호	(02)2026-5777	팩스	(02)2026-5747

ISBN	979-11-6299-268-5 03810 (종이책)　979-11-6299-269-2 05810 (전자책)

이 도서의 국립중앙도서관 출판예정도서목록(CIP)은 서지정보유통지원시스템 홈페이지(http://seoji.nl.go.kr)와
국가자료공동목록시스템(http://www.nl.go.kr/kolisnet)에서 이용하실 수 있습니다.
(CIP제어번호: CIP2018025046)

명품 인생을 위한 비교와 콤플렉스 벗어나기

명품 인생,
해답은 사랑이더라

이영인 지음

북랩 book Lab

임신한 지 32주 만에 큰아이를 1.5kg으로 일찍 낳았고, 아이는 태어난 지 4개월 째에 수두증 판정을 받았다.

아픈 아이를 키우면서 내 욕심은 많이 내려놓은 줄 알았다.

참고 참았던 욕심이 아이가 건강해질 때쯤 더 큰 괴물이 되어 발산되는 것을 보면서 나 자신이 무서워졌다. 어렸을 적에 외모 콤플렉스(Complex)로 시작된 내 인생은 공부로써 이를 극복하고 인정받으려는 경향으로 나타났다. 그러나 생각만큼 원하는 대학에 가지 못하고 원하는 곳에 취업도 안 되면서 학교 콤플렉스까지 나타나기 시작했다. 시간이 지날수록 콤플렉스로 인한 스트레스는 가중되었다. 이상적으로 그린 내 모습에 못 미치는 지금의 내 모습을 벗어나려고 아등바등하면서 늘 더 잘하려 애쓰고 불만족하며 행복하지 않은 삶을 살았다. 그런 감정들이 아이에게 모두 투사되면서 아이와 함께하는 시간조차 행복하지 않았다. 지금 생각해보면 그래도 견딜만하고 충분히 지낼만한 시간이었음에도 내 마음은 항상 불행했다. 만족하지 못하고 안달복달한 시간이 꽤 길었다.

그러나 이런저런 교육을 받고, 사람을 만나고, 있는 그대로 사랑을 받으니 내 안에 있는 크지 않았던 작은아이가 위로를 받아 서서히 건강해지고 행복해지면서 이제는 점점 어른이 되어가고 있다.

지금은 외모 콤플렉스도, 학교 콤플렉스도 내 마음 안에서 많이 떠났다.

그때는 그러함이 전부였지만 지금은 내 모습엔 외모, 학력만이 전부가 아니라 부모님, 남편, 친구, 건강, 삶을 바라보는 나의 시선, 사람들과 관계를 만들어 나가는 모습, 내가 좋아하는 것을 즐길 줄 아는 모습, 누군가에게 영향력을 끼치며 살아가는 모습, 무엇보다 지금 나 자신을 이전보다 온전히 받아들이는 모습, 이 많은 것들이 나 자신의 모습에 포함되었다. 그러니 외모, 학력은 나의 여러 요소 중 극히 작은 일부가 되어 버렸다.

나의 큰아들 중현이는 어렸을 적의 모습과 크게 달라진 것이 없고 아이의 타고난 모습대로 커 가고 있다. 북한도 한국의 중학교 2학년이 무서워 내려오지 못한다는 우스갯소리가 있는데 중현이가 바로 중학교 2학년을 갓 넘긴 중학교 3학년이다.

아직도 아이가 자라는 과정에 있고 성인이 아니다 보니 이만큼 잘 키웠다는 결과의 모습도 없고, '이렇게 키우세요.' 하는 육아의 정답도 없다.

아직 이만큼 성공한 것도 아니고, 아이를 잘 키운 것도 아니다.

단지 내가 아이를 바라보는 시선, 삶을 바라보는 시선이 조금씩 달라져 가고 있고 그러면서 내 마음이 아주 편안해졌을 뿐이다.

하지만 그러한 작은 나의 변화 덕에 건강하지 못했던 내가 차츰 건강해지면서 나와 내 주변이, 내 삶이 바뀌었다. 내가 어떻게 달라졌는지를 독자 여러분과 나누고 싶어 글을 쓰기 시작했다.

수능시험에서 언어영역은 끝 등급을 받고 수리영역 I은 만점을 받은 나. 태생부터 이과 성향을 가진 내가 글을 쓰기 시작했고 이렇게 책을 냈다.

나를 아는 옛날 친구들이 이 책을 보면 많이 놀랄지도 모르겠다. 나 자신도 아직 실감이 나지 않으니 말이다.

하지만 아이를 낳고 태교 일기부터 시작한 글쓰기를 거의 매일 끊이지 않고 했던 덕분에 지금은 글쓰기가 나에겐 가장 즐거운 일, 삶의 일부가 되었다.

이렇게 하나둘씩 내가 좋아하는 것이 생기고, 그러면서 자연스레 나 자신을 들여다보면서 나를 더 많이 사랑하기 시작했다.

이제는 주변도 둘러보게 되고, 진정 사랑이 무엇인지 알게 되었다.

나는 이제 '사랑'이 무엇보다 가장 중요하다는 것을 알아가고 있다.

사랑만 있으면 모든 것이 충분하다는 생각이 점점 더 든다.

껴안고, 챙겨 주고, 표현해 주는 그런 행위만 사랑이 아니다. 있는 그대로, 부족한 그대로 나를 인정해 주고 수용해 주는 것이야말로 진정한 사랑이 아닐까?

부모교육을 통해 만나는 엄마들, 엄마로서 살아가는 친구들을 만나면서 어렸을 적 서로 다른 환경 속에서 자라온 서로 다른 양상의 상처가 제대로 치유되지 않고, 진정 나 자신을 사랑하지 않고서는 아무리 좋은 소통 기술을 알고 있어도 아는 만큼 실천이 되지 않는 것을 보았다. 그러면서 나 자신을 진정으로 사랑하면 주변 사람들도 사랑하게 되어 더불어 행복해지고, 명품 인생으로 살아가게 된다는 이야기를 하고 싶었다.

2018년 8월

이영인

목차

제1장

천사와의 만남과
인간의 욕심

1. 미숙아의 탄생

"영인아. 너 형무랑 사귀지 않을래?"

같은 과 선배인 창용 선배는 3학년 여름 방학 때 나에게 전화를 해서 이렇게 물었다. 당황하고 갑작스러운 이야기라 나도 모르게 "됐거든. 싫어."라고 말해버렸다.

며칠 있다가 수강신청 하러 가는 날, 방학 이전과 달리 떨리는 내 마음을 느꼈다. 학교에서 형무 선배를 보는 순간, 분명 방학 전엔 그냥 선배였는데 지금은 갑자기 남자로서 느껴지기 시작했다.

같은 과의 선배였던 형무 선배는 지금의 남편이다. 군대에 다녀와 3학년 1학기 때 복학하고, 함께 수업도 듣고 밥도 같이 먹고 종종 술도 같이 먹다 보니 어느새 함께 다니는 멤버가 되었다. 학과가 응용통계학과다 보니 수업의 반이 컴퓨터로 이루어지는 수업이었고, 컴퓨터를 잘 못했던 나는 형무 선배의 도움을 많이 받았다. 뭘 물어봐도 늘 친절하고 기분 나쁘지 않게, 그리고 너무나 쉽게 잘 알려 주는 자상한 선배가 싫지 않았다. 점차 나도 모르게 선배가 좋아지기 시작했다. 그렇게 나의 마음은 서서히 열렸고, 개강하는 날 선배를 향한 나의 마음을 알아차리게 되었다. 역시나 형무 선배도 같은 마음이었다. 1997년 9월 1일, "우리 사귈래?"라고 말한 선배의 말에 나는 말 잘 듣는 색시인 양 "네."라고 바로 대답했다. 우린 그날부터 사귀기 시작했다.

서로에게 첫사랑인 우리는 뭐든 서툴고 처음이라 조심스러웠다. 그렇게 재미난 학교생활을 보내고 5년이란 시간을 연애하다가 드디어 2002년 8월에 결혼을 했다.

IMF 때라 취업이 제대로 되지 않았고, 남편의 직장이 잘 잡히지 않았다. 대학 졸업 후 아는 선배와 벤처사업을 하다가 불안정했던 그쪽 일을 접고 씨티은행에 계약직으로 취업하게 되자 바로 결혼을 했다.

신랑의 월급이 50만 원이 되지 않는 달도 있었다. 영업에는 전혀 재주가 없었던 신랑은 회사에서 주는 기본 월급만 받았다. 그래서 맞벌이를 하지 않을 수 없었다. 결혼 전 학원에서 수학을 가르쳤던 나는 다시 집 근처 학원을 알아봐서 다니게 되었다. 경제관념이 부족했던지라 한 달에 100만 원만 있으면 충분히 살 수 있을 줄 알았다. 그러나 현실은 그렇지 않았다.

더욱이 신랑은 다니던 회사가 적성에 맞지 않는다며 직장을 그만두고 싶다고 했다.

처음엔 망설였지만, 월급을 받아오는 것을 보니 그만두는 게 맞다 싶었다.

그렇게 신랑은 결혼하고 4개월 만에 다니던 회사를 그만두고 지금 하는 일인 SAP(Systems, Applications, and Products in data processing) 자격증을 준비하기 시작했다. 마침 도련님이 하는 일이라서 동생의 도움으로 차근차근 자격증을 준비할 수 있었다. 나의 월급으로 풍족한 삶은 아니어도 기본생활은 그럭저럭 유지할 수 있었다. 그러던 중 2003년 2월에 덜컥 계획하지 않은 임신이 되어버렸다. 남편이 돈을 벌고 있지 않았던 터라 계획에 없었던 임신이 기쁘지만은 않았다. 며칠 전 먹은 감기약도 신경이 쓰이고 왠지 불안했다. 그런 기쁘지 않은 마음을 아이도 알아챘는지 나의 임신

초기는 원만하지 않았다.

초음파로 보이는 자궁 안에 피가 여기저기 뭉쳐 있었고, 또 실제로 피가 살짝 비치기도 했다. 게다가 아이의 심장 소리가 미약하게 들리니 다니던 산부인과에서 아무래도 아이를 지켜낼 수 없을 것 같다고 이야기하셨다. 기분 나쁘고 불안한 나머지 그 산부인과를 나와 수원에서 유명하다는 다른 산부인과로 옮겼다.

그 산부인과에서는 "아이는 살 수 있어요. 괜찮습니다."라고 의사 선생님이 희망의 말을 해 주셨다.

그 말에 너무나 행복했다.

그때부터 우리 아이의 태명은 '희망이'가 되었다.

임신 기간 동안 아이는 건강하지 않았다. 나는 병원에 수시로 입원했고, 급기야 임신 16주쯤 되었을 때 학원에서 강의하던 중 왈칵 밖으로 무언가 흐르는 것을 느꼈다.

그렇게 양수가 새어 급하게 병원으로 가게 되었고, 바로 입원하게 되었다. 이로 인해 결국 학원은 그만두게 되었다.

입퇴원을 반복하며 병원 신세를 지며 임신 기간을 버텼다. 퇴원하고도 거의 움직이지 않고 누워 있어야만 했던 나는 집으로 가지 않고 근처에 살고 계시는 시어머님 집으로 가서 어머님이 차려주시는 밥을 먹으며 시댁에서 지내게 되었다. 잠도 잘 오지 않고, 잘 움직이지 않아 살은 엄청나게 쪘다. 불편함이 이만저만이 아니었다. 신랑의 백수 생활과 더욱이 내가 그렇게 몇 개월 다니던 학원을 그만두게 되어 기본적인 생활조차 유지하기 힘들게 된 우리는 양가 부모님의 도움을 받지 않을 수 없었다.

내가 임신을 하게 되고 부모님의 도움을 받는 상황에서 신랑은 더 열심히 준비할 수밖에 없었고, 감사하게도 아이를 낳은 가을에 준비한 자격증을 취득하고 취업을 하게 되었다. 내가 임신 31주임에도 병원 신세를 지고 있을 때였다. 드디어 우리 '희망이'가 우리 곁으로 왔다. 2003년 9월 13일의 어느 가을날이었다. 나는 그날도 병원에 있었다. 그런데 그 전날은 다른 날과 달랐다. 밤새 배가 어찌나 아프던지, 지금도 생생하게 기억이 날 정도로 아팠다. 수축이 너무 자주 오는 것은 물론이거니와, 내가 감당할 수 없을 정도로 배가 계속 꼬이고 허리를 어떻게 해야 할지 모를 정도로 불편하고 아팠다. 밤을 새울 때는 몰랐는데 그게 바로 출산 진통이었다. 그때를 생각하면 참 미련했다는 생각이 든다. 바로 간호사에게 급하게 SOS를 요청해서 도움을 받았어야 했는데 평소보다 조금 더 아프구나 하면서 참았다. 결국, 도저히 참을 수 없을 때쯤 간호사가 나의 상태를 보고 담당의에게 보여 주어 급하게 근처 대학병원으로 이송되었다. 이미 자궁문이 많이 열린 상태이고 아이가 나오려고 밤새 움직였던 거였다. 그때가 임신 32주였다. 아직 자궁 안에서 아이의 자세는 역아(逆兒)로 있어서 수술을 하고 낳아야 정상인데 그럴 수도 없는 급한 상태였다. 아이의 작은 발이 자궁 밖으로 보이기 시작했다.

밖으로 나오려는 아이의 발을 밀어 넣으면서 침대에 누운 채로 대학병원 분만실에 들어가게 되었고, 32주 1.5kg의 체중인 큰아이 '희망이'를 만나게 되었다. 워낙 작은 아이라 역아임에도 한 번에 시원하게 자궁 밖으로 나오는 것을 느낄 수 있었다. 그래도 역아 분만이다 보니 아이가 나오다가 다리보다 좀 더 큰 머리가 자궁 문에서 바로 나오지 못해 잠깐이라도 숨을 쉬지 못한 탓에 뇌 손상의 위험이 있다는 주의를 받았다. 역시나 아이를 낳으면서 의사 선생님이 말했다. "뇌성마비가 될 수도 있어요." 그 말에 예정된 주 수를 채우지 못하고 만나게 되는 희망이를 기쁘게 만날 수가 없었다. 낳은 아이를 선생님이 보여 주는데 차마 볼 수 없었다. 눈물이 너무나 많이 흘렀고, 혹시나 뇌성마비이면 어떻게 하나 싶은 불안한 생각에 그냥 보기가 싫었다.

그날이 우리 희망이에게 상처 아닌 상처를 준 첫날이었다.

그렇게 작은 몸으로 태어난 희망이는 신생아집중아실의 인큐베이터에 들어가게 되었고, 우리는 이틀 뒤 아이를 병원에 놔둔 채 퇴원하게 되었다. 하루에 두 번의 면회시간, 집에서 열심히 유축기로 초유를 짜서 아이에게 갖다 주었다. 엄마 뱃속에서 두 달 빨리 나온 그 작은 아이가 인큐베이터 안에서 각종 호스와 줄이 연결된 것을 보면서 미안함과 안쓰러움이 몰려왔다.

내가 할 수 있는 일은 먹기 싫은 미역국이나 가물치 즙을 열심히 챙겨 먹고 모유를 많이 짜내는 것이었다.

면회 시간이면 아이에게 가서 태교 때 하듯이 노래도 불러 주고, 동화책도 읽어 주고 하면서 그렇게 매일매일 신생아집중아실을 오고 갔다. 희망이에게 매일 하던 말은 "엄마가 우리 희망이 공부 못해도 뭐라 안 할게. 건강하게만 자라다오. 그리고 엄마 품으로 빨리 오렴."이라는 말이었다. 너무나 작아서인지 아이는 정말 예뻤다. 그래도 희망이는 신생아집중아실에선 큰아이에 속하는 편이었다.

더 작게 태어난 아이도 있었다. 체중이 1kg이 채 되지 않은 아이도 있었다. 아직 솜털도 벗겨지지 않은 그 아이는 더 많은 호스와 줄로 연결되어 있었다. 희망이보다 더 작고 더 아픈 아이들을 보면서 부족한 생각이지만 나 자신을 위로하곤 했다.

미숙아 아이들은 젖을 빠는 힘이 약하여 엄마의 젖을 직접 빨지 못하고 젖병에 담아 먹게 한다. 아이의 입김이 닿지 않아서인지 엄마의 젖은 점점 말라갔고, 이젠 분유를 먹일 수밖에 없었다. 그래서 잠깐이라도 아이를 안고 젖병으로라도 분유를 먹이는 그 시간은 정말 모성애를 강하게 느끼는 시간이었다.

나중에 가슴에 안고서 직접 젖을 빨게 하여 모유를 먹인 둘째 때가 되어 생각해보니 큰아이한테 미안함이 이만저만이 아니었다.

　한 달이 거의 다 되어갈 때쯤 병원에서 퇴원을 하라고 했다. 인큐베이터에서 한 달의 시간을 무탈하게 보내고 건강하게 퇴원할 수 있음에 감사했다.

　남편의 자격증 준비로 인해 양가 부모님의 도움을 받으며 보내야 했던 임신 생활, 부모님의 기대에 어긋나지 않게 잘 살아가려고 애썼던 큰딸이었기에 부모님에게 미안함과 속상함이 겹친 마음이 크게 스트레스로 작용했나 보다. 더욱이 희망이를 낳고서도 태반이 완전하게 떼어지지를 않아 그 과정에서 피가 너무도 많이 나와 수혈까지 해야 했던 위급한 상황에 아이를 낳고 나서야 평소 손발이 차고 자궁이 건강하지 않다는 것을 알게 되었다.

　이런저런 이유로 큰아이를 미숙아로 낳고 아이의 탄생을 행복, 기쁨, 감사라는 좋은 감정보다는 그렇지 않은 부정의 감정으로 맞이하게 되었다. 유난히 친척들과 잘 지냈던 우리 가족이었기에 사촌의 팔촌까지 안부 연락을 주셨는데 그 전화를 다 무시하게 되었다. 그분들은 위로와 힘을 주고 싶어 하셨던 건데, 괜스레 누군가의 입에 좋은 일이 아닌 그렇지 않은 일로 오르락내리락하는 것이 그때는 정말 싫었다. 지금 생각해보면 왜 그랬는지, 참 부족한 나였다.

2. 끔찍한 소식 그리고 희망

아이는 엄마 품이 아닌 인큐베이터에서 한 달의 기간을 보내다 나와서 그런지 집에서 적응하는 데 시간이 걸렸다. 낮과 밤이 바뀌었고, 계속 칭얼대고 잘 먹지도 않았다. 또한, 폐가 약하여 감기도 자주 걸리고, 걸렸다면 천식 증세까지 보여 야밤에 응급실로 뛰어간 적도 몇 차례 있었다. 입원도 종종 하게 되었다. 입원했다가 퇴원하면 집에서 적응하느라 또 힘든 일상이 반복되었다.

더욱이 아이를 낳고 병원 인큐베이터에 두고 나온 탓에 아이 보러 간다고 찬바람을 바로 쐬어 제대로 산후조리도 못 했고, 안으면 그나마 울지 않는 아이를 보살핀다고 노상 아이를 안고 있으니 손목도 아팠다. 컨디션이 바닥이었다.

아이를 일찍 낳고 가입하게 된 미숙아 관련 인터넷 카페, 그곳에서의 글을 읽다 보면 두려움은 점점 더 심해졌다. 아이가 잘 자라다가 시력, 청력, 뇌 등에서 이상이 올 수도 있다는 등의 불안하고 두려움을 유발하는 여러 사례가 적힌 글들을 읽으면서 내 마음도 편안하지 않았다.

아이의 신체발달을 편안하게 기다리지 못하고 발달 개월 수가 다가오면 그때마다 하지 않는 발달을 불안하게 기다릴 수밖에 없었다.

아이의 목이 흐느적거린다. 안고 있으면 아이가 목에 힘을 줘야 하는데 그렇지 않아 아이의 목을 받치고 안아야 했다. 아이를 엎드린 자세로 바닥에 놓으면 조금도 목을 들지 못하고 코가 바닥에 닿아 숨 쉬는 것을 힘들어해 울기만 했다. 긍정적인 시어머니는 집안 유전상 얼굴이 큰 집안이라 얼굴이 커서 그런 거라며 아이의 모습을 그렇게 넘기곤 하셨다. 그 말에 어떤 날은 불안했던 마음이 편안해지기도 했다.

아이가 태어난 지 4개월이 되어 태어난 병원 소아청소년과에 예방접종을 하러 갔다. 접종하면서 선생님이 간단하게 아이의 이곳저곳을 만져보며 발달을 점검하셨다. 그러더니 고개를 갸우뚱하셨다. 아이의 개월 수에 비해 목을 전혀 가누지를 못한다며 뇌 초음파를 찍어보자고 하셨다. 그동안 일찍 태어난 아이치고 인큐베이터에서도 건강하게 있다 나왔고 무탈하게 지금까지 왔는데, 혹여 무슨 일이 있을까 두려움이 몰려왔다. 뇌 초음파 결과에서 이상 증상이 보여 MRI(Magnetic Resonance Imaging)를 찍은 결과, 뇌에 물이 차 있다는 수두증 판정을 받았다.

선생님께서 신경외과를 연결해 주셔서 담당 선생님을 만났다. 바로 뇌를 열어 물을 빼내는 뇌 수술을 하자고 하셨다. 그런데 수술에 앞서 다른 분의 이야기를 듣고 싶은 마음이 들어 바로 예약하지 않고 수두증을 검색해 보았다. 그렇게 수두증 아이를 키우는 엄마들의 카페에 가입하게 되었고, 수두증 권위자가 있는 서울대학교 병원과 연세대학교 세브란스병원 중에서 빨리 예약 가능한 연세대학교 세브란스병원에 예약하게 되었다.

그 선생님께서는 아이의 MRI 결과를 보시고는 "아직 수술할 단계는 아니다. 조금만 더 지켜보자."고 하셨다. 그리고 6개월 뒤에 다시 오라고 예약을 잡아 주셨다.

집으로 돌아와서도 불안한 마음은 계속되었고, 나는 그 카페에 매일 들어가 살 수밖에 없었다.

뇌 수술을 하고 머리에 션트(Shunt)를 착용한 채 살아가는 아이들의 일상을 들여다보면서 불안함은 더 엄습해 왔다. 수술로 인해 잘 크는 아이들도 있지만 혹 수술 부작용으로 잘 크지 않는 아이들도 있다는 여러 사례를 보면서 중현이를 바라보는 것이 더 예민해지고, 아이의 발달 하나하나를 자연스레 기다리는 것이 아니라 불안하고 노심초사하며 기다리게 되었다.

아이가 목을 가누고, 뒤집기를 하고, 앉고, 서고, 걷는 것이 당연한 것이 아니라 그것을 할 때마다 눈물의 박수를 치며 올림픽에서 금메달을 얻은 마음으로 온 식구들이 기뻐하고 할아버지, 할머니께 전화로 소식을 알리며 기뻐했다. 중현이가 태어난 지 7개월 되던 어느 날, 친정에 가 있던 때였다. 아이를 엎드려 놓았는데 목을 한껏 들어 빳빳하게 꽤 오랜 시간 있는 것이 아닌가? 그러고는 뒤집기를 하였다. 또래 아이들보다 4개월 정도 늦은 발달이었지만 그것을 바라보던 식구들은 소리를 지르고 기쁨에 얼싸안고 눈물을 흘리고 난리가 났다.

시골 동네의 한적한 주택가라 지나가던 동네 아줌마가 무슨 일이라도 일어난 줄 알고 들어오셨다가 그 웃음의 이유를 아시고는 묘한 표정을 지으신 기억이 난다. 남들이 보기엔 별거 아닌 것에 웃음 짓는 우리가 이해가 안 되는 건 당연한 반응일 것이다. 하지만 우리로서는 너무나 기다리고 기다리던 아이의 첫 발달인 목 가누기, 뒤집기의 발달이었다. 중현이는 18개월에 걸었다. 보통 아이들은 빠르면 10개월 때 걷는 아이들도 있다는데 보통 아이들보다는 많이 늦게 걸었다. 그만큼 아이의 발달 하나하나가 당연함이 아닌 감사였다. 첫째 아이 때 이러한 과정을 겪지 않았다면 둘째 아이 때는 건강한 발달을 당연하게 받아들였을 것이다. 우리에게 있어서 아이의 발달과정은 당연한 것이 아니라 너무나 감사한 축복이었다. 감사의 양이 많으면 많을수록 행복하다던데 큰아이 때 힘들었던 만큼 우리 집에서만큼은 아이가 뒤집고, 앉고, 서고, 걷는 것이 당연한 과정이 아니었다. 매 순간 기쁨과 감사의 양이 넘쳐났다.

6개월이 지나 그 작은 아이를 전신마취하고 다시 MRI를 찍었다. 결과는 긍정적이었다. 물이 점차 줄어들고 있다고 했다. 좋은 소식이었다. 그렇게 6개월이 지나고, 또 6개월이 지나 28개월쯤이 되니 선생님이 이제 병원에 더 이상 오지 않아도 된다고 말씀하셨다. 그래도 불안한 엄마 마음에 한 번 더 물어보았다.

"아이가 살아가는 데 지장은 없을까요?"

"살아가는 데 지장은 없습니다. 하지만 공부는 좀 못할 수도 있어요."

그 말이 내 가슴에 꽂혔다. 한 달 동안 인큐베이터 앞에서 아이에게 했던 말 "건강하게만 자라다오."라는 마음은 어디로 가버리고, "공부는 좀 못할 수도 있다."란 말에 아이의 학습발달에 더 신경을 써야겠다는 생각이 엄습해 왔다.

몸무게가 2kg밖에 안 되는 아이를 혼자 목욕시키기도 힘들고, 폐가 약하게 태어나 자주 감기 걸리고, 걸렸다 하면 천식 증세까지 보여 호흡이 힘든 아이 데리고 응급실로 뛰어야 했던 그때, 근처에 사는 시어머니가 매일 우리 집에 오셨다. 건강하게 태어났으면 오히려 매일 오시는 시어머니가 부담스러울 수도 있었을 것이다. 하지만 나는 늘 어머니가 오시기만을 기다렸다. 어머니가 오시면 내 마음은 편안해졌고 식사를 챙겨 드리는 것도 크게 힘들게 느껴지지 않았다. 불안했던 마음이 편안해지고, 중현(첫째 아이)이가 할머니가 오면 더 잘 놀고, 잘 먹고, 잘 자는 것을 보면 어머님께 식사를 챙겨 드리는 건 아무것도 아닌 일이었다. 어머님이 보여 주시는 어른의 노련함과 능숙한 보살핌은 정말 위대해 보였다. 자식들에게는 표현이 인색하시고 말수도 적으신 분이 손주에겐 수다스러우시고 작은 성장에도 크게 기뻐하시면서 칭찬을 표현하시는 것을 보면서 다른 불편함이나 불만은 묻히게 되었다. 그런 어머니와 평생 함께 살고 싶은 마음에 큰아이 돌 때 합가(合家)까지 결정하게 되었다.

"손주가 아픈 것보다 딸이 아파하고 힘들어하는 것을 보는 엄마 마음이 너무나 아프다."라고 말씀해 주시는 헌신적인 나의 친정엄마 또한 일주일에 한 번씩 꼭 하루라도 딸이 푹 쉴 수 있도록 일산에서 수원까지를 몇 달간 오가셨다. 그날만큼은 엄마에게 중현이를 맡기고 맘 편히 내가 하고 싶은 것도 하고, 그동안 못 잔 잠도 푹 자는 등 꿀맛 같은 휴가를 보내기도 했다.

시어머니와 합가하고 나서는 내가 친정에 가서 일주일 정도씩 있다 오기도 했다.

그러나 그러면서 엄마의 몸은 더 안 좋아지기 시작했다. 마흔아홉의 나이에 자궁과 난소를 들어내신 엄마라 몸 상태가 좋지 않으신데도 불구하고 자신의 힘듦은 참은 채 힘들어하는 딸을 위해 발달이 늦어 걸음을 늦게 시작한 손주를 업어 주고, 안아 주고, 많이 챙겨 주셨다.

자식 일이라면 온몸을 다 바치는 헌신적인 엄마라 딸의 힘듦을 딸인 나보다 더 마음 아파하셨다.

그동안 아빠의 반대로 교회를 다니지 못했던 엄마는 내가 중현이를 아프게 낳고 또 아이가 수두증이란 판정을 받자 아빠를 설득하여 교회를 다니기 시작하셨다.

지금까지도 중현이 생일과 크리스마스 날, 또 중현이에게 기쁜 일이 있는 날엔 친정엄마는 따로 감사 헌금을 하시고 그 교회 목사님은 중현이를 위해 지금까지도 기도해 주신다.

그런 두 분의 사랑과 보살핌이 있지 않으셨다면 혼자서는 절대 견딜 수 없었던 그때 그 시절이었다. 지금 와서 다시 생각만 해도 마음이 아련해지고 살아계실 때 더 잘해 드려야지 하는 마음에 감사함이 솟구친다.

그때 최고의 수두증 권위자를 찾아가기를 정말 잘했다. 감사하게도 자연스레 물이 흡수되어 수두증 정상 판정을 받기까지 비록 노심초사하며 불안함과 두려움이 가득한 날들을 보냈지만, 내 곁에 든든한 친정 부모님과 시어머님이 함께하지 않았다면 어떠했을까 하는 마음이 지금도 든다.

그리고 한편으로는 지금 생각해보니 아쉬운 마음도 있다. 아이가 잠들기 무섭게 매일 미숙아 수두증 카페에 들어가 볼 시간에 아이와 함께 쉬며 컨디션을 조절하고, 깨어있을 때 아이에게 좀 더 집중하고 편안한 마음으로 아이와 지냈다면 아이가 커서 관계를 회복하는 데 좀 더 수월하지 않았을까 하는 생각이 든다.

내가 그렇게 카페에 들어가서 분명 도움을 받은 부분도 있었겠지만, 오히려 더 불안하고 초조한 마음으로 아이의 발달과정을 지켜보게 된 측면도 분명 있다.

집에서 따로 무언가 해 주어야 할 것이 있어서 정보를 얻기 위한 목적이라면 몰라도, 때 되면 하는 발달, 또래보다 조금은 늦게라도 따라가는 발달을 여유로운 마음으로 기다려 주지 못하고 노심초사하며 불안하게 바라본 엄마의 마음을 아이가 몰랐을까?

그 마음이 고스란히 전달되었을 생각에 아이에게 미안해진다.

3. 콤플렉스로 가득했던 나의 어린 시절

어렸을 적 동네에서 유일한 나의 단짝 친구였던 광순이, 또 유일한 나의 사촌인 영미 언니는 얼굴이 예뻤다. 그 때문에 그들과 같이 있는 자리에서 그들이 예쁘다는 칭찬으로 주목받을 때면 나는 늘 작아지는 느낌을 받았다. 지금보다 상대적으로 피부가 까맣고 뚱뚱했던 어린 시절의 나는 그다지 예쁜 편은 아니었다.

그래서 그때부터 누군가에게 인정받고 싶은 마음에 더 공부에 집착하게 되었는지도 모르겠다.

반이라고 해봤자 한 학년당 한 반밖에 없는 시골의 초등학교다 보니 공부는 노력하는 만큼 결과가 나와 주었다. 어느 새부턴가 그들과 함께하는 자리에서 그들은 예쁜 아이, 나는 공부 잘하는 아이로 인정받기 시작했다. 그러한 이유로 공부에 대한 집착은 중학교에 진학해서도 여전했다. 반 1등을 놓치지 않으려고 부단히 노력하고 나보다 조금이라도 잘난 아이들을 보면 시기와 질투로 똘똘 뭉쳐 경쟁하며, 즐겁게 보내야 할 학창시절을 안쓰럽고 치열하게 보냈다. 고등학교에 올라가서는 성적이 떨어지기 시작했다. 수학을 잘했던 나는 이과를 가고 싶어 했고, 이과를 가려면 자취를 해야 하는 상황이라 부모님은 반대하셨다. 할 수 없이 문과만 있는 집 근처 학교에 진학하게 되었다. 태생이 수학 머리인 데다가 어렸을 적에 책을 많이 읽지 않아 국어가 부족했던 나는 수능 성적이 노력한 만큼 나오지 않았다. 성적은 떨어졌고 대학 또한 원하는 대학에 가지 못하면서 학교 콤플렉스가 생기기 시작했다. 그러한 상황을 어렸을 적부터 1등만 도맡아 했던 이상적인 내 모습에 견주면서, 지금의 내 모습에서 주어진 역할에 지나친 최선을 다하며 아등바등 만족을 모르며 살았다. 엄마로서, 아내로서, 딸로서, 며느리로서, 형제들 사이에서 완벽하게 잘하고 싶었다. 하지만 늘 부족한 구석은 있기 마련이었고, 그럴 때마다 지치고 힘들어했다.

지금 생각해보면 누가 뭐라고 하는 사람도 없는데 혼자 나 자신에게 너무나 엄격하게 대하며 어린 시절을 보낸 것이다. 그래도 그때는 그렇게 살아야지 만이 나 자신이 존재할 수 있고 내가 인정받는 줄 알았다.

아빠는 20년 동안 시골 동네 이장 일을 하셨다. 워낙 손님들을 대접하는 것을 좋아하시는 아빠는 엄마의 힘듦은 알지 못하고 거의 매일 우리 집에서 모임을 하셨다. 손님이 오시면 반드시 그냥 보내지 않고 점심, 저녁까지 식사 대접하여 보내야 하는 아빠였다. 엄마가 부엌에서 그릇을 깨는 소리를 몇 번 들은 기억이 난다. 분명 그것은 실수로 깨진 것이 아니라 일부러 깨는 소리였다. 그렇게 엄마는 스트레스를 풀었다.

그래도 아빠는 지금도 여전히 엄마가 무슨 음식이라도 하시면 가족끼리 오붓하게 드시지 못하고 늘 근처에 사는 친구, 친척분들을 불러 같이 먹자고 하신다. 그만큼 엄마의 힘듦보다 누군가에게 대접하고 함께하는 것을 좋아하시는 아빠다. 물론 그 덕에 분명 지금까지도 부모님 곁에 사람들이 외롭지 않게 늘 찾아 주시긴 한다. 그래도 어린 내 눈에도 늘 지쳐 보이고 힘들어 보이던 엄마였다. 그런 엄마의 유일한 행복이자 즐거움은 내가 학교에서 돌아와서 들려주는 내 학교생활 이야기를 듣는 일이었다. 워낙 자식밖에 모르고 자식을 제일 우선시했던 엄마는 아무리 많은 일이 있어도 내가 학교를 다녀와 0교시부터 마지막 교시까지 있었던 일에 관해 쉴 새 없이 떠들며 이야기하면 하시던 일도 멈추시고 들어 주셨다. 그래서 나는 학교에서 돌아와 엄마와 이야기하는 것을 좋아했고, 지금도 그때의 습성 탓인지 무슨 일이라도 있으면 좋은 일이든 그렇지 않은 일이든 엄마에게 쪼르르 전화해서 친구처럼 서로 수다를 떠는 습성이 있다.

내가 학교에서 상장을 받거나, 임원을 맡거나, 선생님께 칭찬이라도 받았다고 하면 엄마는 너무나 행복해하셨다.

반면에 그렇지 않으면 얼굴에 환한 빛이 느껴지지 않으니 어린 나는 그러한 엄마의 표정에 신경을 썼다. 집안일에 늘 지쳐있는 엄마에게 나만큼이라도 행복을 주는 사람으로 있고 싶었다.

개그우먼 장도연은 '착한아이 콤플렉스'가 있었다고 고백했다.

그녀는 지금도 엄마가 행복해하는 일은 모두 한다고 한다. 언제부터인가 자신의 행복보다 엄마의 행복을 우선시하는 것 같아서 잘못 사는 것이 아닌가란 생각을 했는데 어느 날 문득 깨달았다고 한다. 버스에서 내리는 과정에서 엄마는 내리고 자신이 내리려는 도중에 기사님이 보지 못하시고 문을 닫으려는 순간 엄마가 그 문에 손을 바로 넣으셔서 자신이 내릴 수 있었다고 한다. 그 순간뿐만 아니라 엄마는 나를 위한 일이라면 뭐든 온 힘을 다하시고 나를 최우선으로 생각하는 분이라는 것을 알아차린 순간 그렇게 나를 사랑해 주는 엄마가 행복해하는 일이라면 엄마의 행복을 챙겨 드리는 것은 나 또한 행복해지는 거라고 생각했다고 한다. 그녀의 이야기를 들으면서 엄마가 생각났다. 나 또한 공부에 대한 집착이나 외모에 대해 인정받지 못한 콤플렉스가 있었지만, 내가 잘하면 엄마가 최고로 행복해하시는 모습에 뭐든 열심히 하고 싶었다. "남자들은 나를 알아주는 사람에겐 목숨도 바칠 수 있다."라는 말도 있지 않은가?

엄마를 향한 나도 같은 마음이다.

지금도 내가 잘 살고 내가 좋은 일이 있으면 늘 최고로 기뻐하시고 행복해하시는 엄마다.

그렇게 행복해하시는 엄마 모습을 보면서 난 더 행복해진다.

지금도 헷갈린다. 내가 하는 일들이 엄마를 행복하게 해드리기 위해서 하는 건지, 내가 좋아서 하는 건지.

그래도 어떤 것이 먼저면 어떤가? 상관없다.

엄마가 행복하면 무조건 나도 행복하다.

너무나 가난하게 살아온 엄마, 어렸을 적 피아니스트가 꿈이었던 엄마는 중학교까지밖에 나올 수밖에 없었던 가정환경 때문에 동생들을 보살피며 열일곱의 나이 때부터 공장에 가서 생활 전선에 뛰어들었다. 자연스레 꿈은 포기할 수밖에 없었다. 두 명의 동생들과 함께 하숙하며 동생들 모두를 전문대학교까지 보내신 엄마. 계절당 한 옷으로 버티시며 임금이 두 배였던 야간에 일하며 늘 자신보다 동생을 보살피는 삶을 살아오셨다.

그러한 헌신적인 모습에 반해 결혼하셨다는 아빠다. 엄마의 삶은 아빠에게도, 자식들에게도 아낌없는 나무와 같았다. 그러한 고생 때문인지는 몰라도 오십도 되지 않는 나이에 자궁근종으로 자궁과 난소를 드러내는 대수술을 받으시고 힘든 시간을 보내셨다. 그렇게 힘든 와중에도 중현이를 낳은 딸의 힘든 모습을 생각하여 손주를 돌봐 주시고, 지금도 여전히 밑반찬을 바리바리 챙겨다 주시는 그런 나의 엄마, 자신보다 가족을 먼저 생각하는 엄마다.

그렇게 살아오신 엄마의 세월을 어떻게든 내가 할 수 있는 만큼 챙겨 드리고, 보상해 드리고 싶다.

초등학교 때의 일이다. 매번 1등을 하다가 한 번은 2등을 한 적이 있었다. 엄마가 뭐라 하는 것도 아닌데 나뭇가지를 꺾어 와서 손바닥을 때려달라고 엄마한테 말했던 기억이 있다.

엄마는 당연히 괜찮다고 하시면서 나뭇가지를 버리셨지만 나는 그렇게나 자신을 닦달하면서 학창시절을 보냈다. 엄마는 나에게 그렇게 꽤 많은 부분을 차지하고 있다.

어느 때는 엄마 때문에 더 잘해야 하고 잘 살아야 한다는 생각도 들기도 했지만, 왜 꼭 그래야만 하는가에 대한 물음표도 달아보며 많이 생각해 본 시기도 있었다.

그래도 다시 생각해보니 오히려 엄마 덕분에 더 잘할 수 있었고 더 잘 살았던 것이 아닌가 싶다. 나를 늘 한결같이 믿어 주고 내 편이 되어 주었던 엄마. 그렇게 정신없고 바빴던 그 옛날에도 한없이 딸의 이야기를 잘 들어 주었던 엄마 덕분에 나는 마음 한편에 든든한 아군이 있어 아무리 힘든 상황을 맞이해도 건강하게 삶을 살 수 있었다.

그런 엄마가 아들 일로 6년 전부터 힘드셨다. 언제나 자식이 우선이셨던 엄마는 사업이 잘되지 않아 여러모로 힘들어하는 아들의 모습을 보면서 많이 힘들어하셨다. 그러면서 엄마는 무엇이 더 중요한지 깨달으셨던 것 같다. 사실 엄마에게는 자신이 이루지 못한 꿈을 이루고자 자식들이 공부 잘하고, 임원을 맡고, 어느 자리에 가든 잘해야 한다는 생각에 자식 교육에 욕심을 내신 분이셨다. 그래서 전업주부로 있는 내가 좀 더 자랑거리가 될 수 있도록 일도 했으면 좋겠고, 손주들도 잘 자랐으면 하는 바람을 보이셨는데 이젠 정말 변하셨다. 내가 조금이라도 조급해하고 불안해하거나 자식 걱정을 하면, 지금 이대로 모습만으로도 충분하고 누구나 자신만의 몫과 그릇이 있으니 건강하고 바르게 잘 자라 주면 충분하다고 말씀하신다.

예전에 '내면아이 치유'를 받은 적이 있다. 그곳에서 받았던 "어떤 말을 가장 듣고 싶은가?"란 질문에 "충분히 잘하고 있어."라는 말을 가장 듣고 싶은 것을 알게 되었었다.

지금 이대로 충분히 잘하고 있고 괜찮은데 더 높은 이상적인 내 모습을 그려놓고 평생을 만족하지 못하고, 더 잘하려고 하면서 안달복달 나 스스로 다그치며 달려왔구나 싶은 마음에 나는 이제라도 나 자신에게 매일 말하고 있다.

"충분히 잘하고 있어."

4. 강박증과 시기심

중현이가 태어난 날, 친정 부모님은 형제분들과 제주도 여행 중이셨다. 아직 낳을 때가 아닌데 제주도에서 중현이 출산 소식을 듣고 급하게 비행기 표를 끊어 병원으로 오셨다. 난 아빠, 엄마를 보자마자 꾹 참았던 울음이 터지기 시작했다. 내 손을 잡아준 아빠의 손이 바들바들 떨리는 것이 느껴졌다.

눈물을 흘리지는 않으셨지만, 눈물을 참고 있다는 것을 느꼈다. 속으로 눈물을 흘리고 있으셨다. 워낙 강인하시고 완벽한 것만 같았던 아빠의 이런 모습을 보니, 처음으로 아빠에게도 여린 모습이 있음을 느꼈다.

아빠와 나는 어렸을 때부터 거의 스킨십이 없었다. 아마 내 결혼식 날 신부 입장할 때 아빠와 손을 잡았던 것이 가장 길게 아빠와 손잡은 기억일 것이다.

많은 빚을 남기고 돌아가신 친할아버지, 그리고 아빠가 군대에 있을 때 돌아가신 친할머니 때문에 아빠는 어렸을 때부터 부모 없이 큰아버지를 부모 삼아 살아오셨다. 아빠를 비롯한 삼 형제 모두 할아버지가 진 빚을 갚으며 지독하고 치열하게 살아오셨다. 그래도 강해 보이는 겉모습과 달리 자식에게 정이 깊은 그런 속마음을 지니고 살아오셨던 것이다.

나는 어렸을 때부터 밖에서 조금이라도 먼지를 묻히고 집에 들어오면 혼났고, 신발이 가지런히 정리되어 있지 않으면 혼났고, 엄마와 길게 수다 떨면 여자가 말 많다고 혼났고, 밥상에서 혼난 뒤에 울고 있으면 운다고 혼났다. 늘 아빠의 기준이나 틀에 맞지 않으면 혼나고 잔소리도 많이 들으며 컸다.

지나치게 반듯하고 정직하시며 완벽하고 계획적인 성격을 가진 아빠는 지금도 새벽 4시만 되면 비가 오나 눈이 오나 특별한 날을 빼고는 1년 365일 운동을 하신다. 그만큼 자기관리가 확실한 분이다. 나는 어렸을 때부터 그런 아빠가 싫다기보다는 존경스러운 마음이 더 컸다. 그래도 편안하다기보다는 어렵게 느껴지긴 했다. 아빠는 가장의 역할은 확실히 하셨다. 물론 그렇다고 크게 부유하지는 않았지만, 가족들이 먹고, 배우고, 살아가는 데 지장은 없게끔 해 주셨다.

그런데 내 성향과 더불어 아빠의 영향 탓인지, 내 마음 안에 '~해야 한다.', '~이런 모습이어야만 한다.'라는 강박과 나만의 비합리적인 신념들이 어느샌가 마음속에 정착되어 버렸다. 그러면서 자연스레 아빠의 사고관념 틀에서 벗어난 행동을 하는 사람들은 잘못되었다는 생각을 하게 되었다. '틀린 것'이 아니라 나와 '다른 것'임을 인정하지 못하고 학교나 사회생활을 하면서 폭넓은 인간관계를 형성하지 못했다. 다름이 아닌 틀림의 관점에서 내 스타일에 맞는 사람과 그렇지 않은 스타일의 사람을 구분하여 사람을 대하니 관계가 좋을 리가 없었다.

어떤 것이든 열심히 하지 않는 사람은 싫었다. 자신의 할 일을 제대로 하지 않는 사람도 싫었다. 깔끔하지 않은 사람은 싫었다. 공부하지 않는 사람은 싫었다. 술 마시고 취하여 다른 이들에게 피해를 주는 사람도 싫었다. 정직하지 않는 사람은 싫었다. 게으른 사람은 싫었다.

늘 '사람은 이러저러해야 한다.', '사람은 이런 모습이어야 한다.'라는 강박

관념이 생기면서 나 자신도 매사에 완벽을 추구했다. 항상 경직되고 완고함이 있었고, 준비되어 있지 않으면 실패가 두려워 도전도 못하는 모습, 타의 모범이 되어야 한다는 생각을 지닌 채 살았다.

나는 5년의 연애 끝에 결혼했다. 나랑 성향이 닮고, 내가 이해할 수 있는 내 스타일의 사람만 만나는 나와 달리, 남편은 나와 완전히 다른 성향을 가진, 모든 사람을 수용하는 성향을 가진 사람이었다. 내가 어떻게 행동해도 다 이해해 주고, 수용해 주는 그 사람과 함께 있으면 마음이 편안해지는 것에서 그 사람에게 매력을 느꼈다. 그래서 나와 다른 사람이면 무조건 싫어했던 내가 5년이란 시간을 연애하고 이런 사람이랑 살면 내가 참 좋겠다는 생각에 결혼까지 결정했다. 물론 그 생각은 틀리지 않았다.
하지만 신혼 때는 남편의 그러한 성향이 장점만으로 느껴지지 않았다.
그때는 그가 우유부단하고 좋고 싫음이 분명해 보이지 않았다. 특히나 술자리를 좋아해서 상대방이 원하면 끝까지 자리를 함께하는 성격이라 신혼 초에 그 부분 때문에 무던히도 부딪쳤다.

성격이 다른 것은 중헌이도 마찬가지였다. 중헌이는 나와 다른 성향의 아이였다.
정리를 잘 하지 않았고, 해야 할 일이 있어도 그것보다 자신이 하고 싶은 것에만 꽂혀 그것에만 관심을 두고, 욕심 없는 자유로운 영혼의 아이였다.
나의 기준이 정답의 기준인 마냥 여겼던 나였기에 내 틀 안에 들어오지 않는 두 남자를 이해하기 힘들었다.
'내 기준의 모습이어야만 한다.'는 기준에 맞지 않으니, 매일 잔소리에 짜증과 불만이 연속되는 날들이었다. 그러던 어느 날 친정에 놀러 갔다가 우리 집에 놀러 오신 이모가 말했다.

"영인아. 뭐가 그렇게 짜증이 나니?"

이모가 보기에도 내 입에서 "짜증 나."란 말을 참 많이 한다는 생각이 들었나 보다.

그땐 참 짜증 난다는 말을 습관적으로 많이 했다.

그때는 뭘 하기로 했으면 꼭 해야 했다. 지금 생각해보면 오늘 못하면 내일 해도 되는 건데, 마치 오늘 안 하면 큰일 날 것처럼 아이에게 하라고 다그쳤다. 나 자신에게도 다그쳤고, 내가 원하는 모습이 아니면 잘못 사는 거라고 생각하면서 매번 잔소리하고, 상대를 힘들게 하고, 나 스스로 다그치며 지내왔다.

늘 매년, 매달, 매주, 매일의 계획을 짜며 보냈다. 그 계획대로 이행되지 않으면 불안하고 짜증이 났고, 아이에게도 그날 해야 할 숙제를 마치지 않으면 노는 것을 절대 허락하지 않았다. 정해진 시간에 텔레비전 시청을 해야 했고, 휴대폰을 만져야 했다.

매일 정해진 스케줄대로 하루를 보내야 했다.

성격이 그러했으니 가뜩이나 일찍 태어났고 아팠던 아이가 또래보다 늦게 발달해가는 과정을 지켜보기가 얼마나 불안하고 힘들었을까? 그 당시의 나는 늘 모든 게 정해진 법칙이 있는 것처럼 그대로 되지 않으면 힘들어했다. 물론 그 덕에 아이들 교육 나들이 경험은 참 많이 했다. 그러한 것을 잘해 주는 엄마인 나는 참 잘하고 있다고 스스로 칭찬을 듬뿍하며 보냈었다. 내 모습이 정답이고 내가 이렇게 가르치는 것이 잘 가르친다고 생각했다.

하지만 아이가 커가면서 많은 것을 느꼈다. 그렇게 때마다 교육하고 가르쳤으면 내 바람대로 커야 하는데 그렇지 않고 오히려 뒤처지는 아이의 모습을 보았다. 그러면서 가장 중요한 것은 "~해야 한다.", "~이런 모습이어야만 한다."라는 기준으로 일일이 아이에게 간섭하고 무작정 교육하고 싶은 것을 넣어 주고 점검하는 것이 아니라, 아이의 밥을 잘 챙겨 주고 사랑해 주는 것이 엄마로서 그 무엇보다 중요하다는 생각이 점점 더 들었다.

후에 심리학 공부를 하면서 나에게 강박 성격장애의 증상이 있음을 알아차렸다.

이전엔 나와 다른 사람들은 잘못된 사람이고 나보다 부족한 사람이란 생각이 들었다면 점점 그런 생각보다는 다름을 인정하게 되었다.

나와 다른 성향의 두 남자, 내 남편과 중현이를 만나지 않았다면, 또 심리학 공부를 하지 않았다면, 내 모습이 잘못된 줄도 몰랐을 거다.

한편으로는 그러면서 아빠가 보이기 시작했다.

아빠를 가장 많이 닮은 나다. 아빠의 모습도 나이가 들어가면서 완전히는 아니어도 조금씩 유연해지고 있으시지만, 아빠는 일흔의 나이가 넘으신 지금도 본인의 말과 행동이 정답이고 법칙이다. 그렇게 어느 자리에 가시더라도 잘못된 부분은 꼭 짚고 넘어가기 위해 자신의 목소리를 한껏 내시는 아빠, 여전히 당당하게 살아가시는 그런 아빠가 싫지 않다.

그리고 그런 강인한 아빠의 겉모습에 반해 내면의 따뜻함도 있음을 이제는 점점 느낀다.

여전히 가족한테는 잔소리를 많이 하시지만, 이젠 친정에 놀러 가서 엄마와 내가 이야기하고 있으면 예전에는 여자가 말이 많다고 뭐라 하셨던 아빠가 이젠 그 이야기에 함께하시려고 귀를 열고 우리 쪽을 향해 있다. 또 전화를 걸면 통화도 길게 하시면서 아빠의 일상을 이야기해 주시거나 아빠 친구분들 이야기도 해 주시고, 가끔은 엄마의 흉도 보시기도 한다. 그래도 맞장구라도 쳐 드리면 언제 엄마 흉을 봤냐는 듯 엄마에 대한 칭찬으로 마무리하는 아빠다.

최근까지도 내 나이와 똑같은 선풍기를 버리지 않고 사용하는 아빠. "네 나이와 선풍기 나이는 같다."면서 그 선풍기가 제일 시원하다며 그때를 생각하는 마냥 흐뭇한 표정을 지으신다. 또한, 내가 친정에 다녀가면 그날을 항상 체크하신다. 조금 간격을 두고 다음에 가면 "오늘은 25일 만에 왔네." 라고 하시면서 딸을 기다리신다.

아빠는 손주들에게 아낌없이 용돈을 주시고, 명절 때마다 딸과 며느리에게 옷 사 입으라고 용돈을 주신다. 정작 아빠 자신은 같은 옷을 헤질 때까지 입으시고 순댓국이 최고로 맛있다고 말씀하시며 검소하게 살아간다.

자식들과 남들에게 베푸는 것은 한없이 베푸시는 아빠, 특별한 음식이 아니어도 주변 분들 불러 함께 나눠 드시려고 하는 아빠, 항상 식당에 가서 본인이 먼저 계산하시는 아빠, 농사지으신 쌀을 주변 분들에게 나눠 주시는, 늘 나눔과 베풂이 몸에 배어 있으신 아빠다.

난 그런 아빠가 정말 부자이신 줄 알았다. 물질적인 부자보다 더 큰 부자는 마음 부자라는 것을 마흔의 나이가 넘어서야 깨달았다.

아빠로 인해 강박성향이 더 두드러졌던 어렸을 적의 나는 완전 다른 성향의 두 남자인 남편과 중현이를 만났다. 그러면서 아들이 내 뜻대로 되어가지 않는 것을 깨닫고 스스로 공부해서 다름을 인정하게 되었다. 이를 통해 누구에게나 배울 점이 있고, 장단점이 있다는 것을 깨달으면서 자연스레 관계가 참 편안해지고 사람이 좋아지기 시작했다.

그러한 시선이 얼마나 편안하고 행복한지 뒤늦게나마 깨달아가고 있다.

5. 학습 능력 부족

"살아가는 데 지장은 없는데 공부는 못할 수도 있어요."

수두증 정상 판정을 받고 더 이상 병원 오지 않아도 된다는 말에 덧붙인 의사 선생님의 말씀이다. "건강하게만 자라다오."라고 생각했던 엄마의 마음은 다 어디론가 가버리고, 공부는 못할 수도 있다고 하신 의사 선생님의 말씀이 내 가슴에 콱 꽂혀 그날부터 아이에 대한 엄마의 두려움과 불안은 급격하게 가중되기 시작했다.

사람은 두렵고 불안해지면 이를 다른 것으로 채우려는 습성이 있다.

책으로 영재가 된 푸름이, '푸름이 닷컴'이란 카페에 열심히 매일 눈도장을 찍기 시작했다. 책에 대한 한이 있었던 나는 큰아이를 임신한 후 『푸름이 이렇게 영재로 키웠다』란 책을 만나면서 책에 대한 열정을 불살랐다. 전집부터 단행본까지 어마어마한 양의 책을 구입했다. 아이의 발달단계마다 보여 줘야 할 책들, 아이가 조금이라도 관심을 보이는 분야와 관련된 책들, 기차 관련 책, 공룡 관련 책, 물고기 관련 책 등 책이란 책은 다 사서 아이에게 보여 주었고, 관련된 박물관이나 전시회도 꼼꼼하게 알아봐서 주중, 주말 할 것 없이 참 열심히도 아이를 데리고 다녔다. 그렇게 하는 것이 정말 잘하는 것인 줄로만 알았다. 지금 생각해보면 첫째 아이는 집 앞 놀이터에서 원 없이 놀고 모래를 실컷 만지게 하고 근처 공원에서 공놀이하며 신나게 뛰어노는 것만 시켜 주었어도 충분히 만족했을 아이였다. 하지만 엄마는 그런 아이의 바람은 무시한 채 아이가 좋아하고 관심 있어 한다는 핑계로 박물관, 전시회장에 데리고 갔다. 가서는 처음부터 끝까지 일일이 모든 것을 아이에게 설명해 주면서 간혹 아이가 보지 않으면 얼굴까지 돌려가며 가르치는 열혈 엄마였다.

아이는 전시회나 박물관보다는 놀이터 같은 곳에서 자유로이 돌아다니고 싶어 했다. 지금 생각해보면 아이가 원하는 것을 할 수 있도록 좀 내버려 두어야 했는데 그러지 못했다. 엄마의 목적이 있으니 아이를 가르치는 데만 급급했다. 친정 나들이를 하러 갈 때도 여행 가방에 수십 권의 책을 싸 가지고 가서 아이가 잠자리에 들기 전에도 읽어 주었다. 아이가 자고 일어나서 기분이 제일 좋은 상태일 때도 하루 동안 아이가 읽어야 할 책의 양을 정해놓고 그것을 반드시 채우려는 책에 대한 집착이 대단한 엄마였다.

푸름이 닷컴에서 다른 아이들이 한글을 자연스레 떼는 모습을 보고 '우리 애는 왜 한글을 못 떼지?'라고 생각하면서 책 읽어 주는 것이 한글을 빨리 떼기 위한 왕도인 것마냥 목적성이 흔들리기도 했다. 중현이는 7세 초반쯤 한글을 떼기 시작했다. 결코 늦은 건 아니지만 영재 아이들과 비교하면 턱없이 늦게 뗀 것이고, 떼는 과정도 자연스럽지 못하고 강요하며 얼마나 노력을 했던지 모른다. 한글 빨리 떼는 것이 그리 중요한 일도 아닌데, 지금 생각해보면 참으로 지질하고 부족했던 엄마였다. 그때는 아이가 한글을 빨리 뗀 것을 주변의 친구들, 지인들에게 자랑하고 싶었다. 아이가 한글을 떼고 영어를 읽는 것은 때가 되면 다 하는 것인데, 그 당시에는 아픈 아이가 때 되면 하지 못할 거 같아서 신경 써서 해 준다는 명목으로 아이에게 많은 강요를 했다. 그리고 그렇게 말은 했지만 실은 내 마음 안에는 뭐든 다른 아이들보다 좀 더 빨리해서 인정받고 싶고 엄마 역할을 잘한다고 칭찬받고 싶은 마음이 숨어있었다.

'이런 것들이 과연 엄마 역할을 잘하는 것인가?' 잘못 알아도 정말 잘못 알았다. 아이에게 충분히 사랑을 주고 아이가 원할 때 바로 반응해 주고 아이의 마음을 안아 주는 엄마가 진정으로 엄마 역할을 잘하는 좋은 엄마란 것을 왜 그땐 깨닫지 못했을까?

나는 열정이 가득하고 욕심이 많았으며 타인의 시선과 인정이 중요한 열등감 가득한 엄마였다. 아이를 어느 정도 키워놓고 지금까지도 쉴 새 없이 무언가 배우고 나 자신을 계발하는 지금의 나에 비해 그때의 나는 그 열정을 키우던 아이에게만 지나치게 쏟았다. 그리고 열정을 쏟은 만큼 결과를 바라고 바란 만큼 결과가 나타나지 않으면 아이에게 화가 났다. 아이에게는 분명 좀 더 잘하는 부분이 있었을 것이다. 바깥일을 너무나 하고 싶은 엄마들은 밖에서 일하면서 아이를 키워야 하고, 집안에서 아이를 키우는 것이 적성에 맞으면 그렇게 하는 것이 맞다. 밖에 나가 일을 하고 싶은 마음이 가득한 데도 집에 있는 것이 아이들한테 좋은 거라고 꾹 참아가며 그 스트레스를 아이한테 풀고 있다면 아이의 정서에도 절대로 좋을 리가 없다.

아이와 함께 오래 있고 양적으로 충만하다고 해서 아이가 결코 잘 자라는 건 아니다. 양적인 시간보다 질적인 시간이 분명 더 중요하다.

『엄마 반성문』의 저자 이유남은 자식을 자랑거리로 만들려는 부모는 어리석은 것이며 부모 자신의 삶을 자식의 자랑거리로 만드는 것이 지혜라고 말했다.

나보다 나은 대학을 보내고 나보다 나은 자식을 만들기 위해, 전업 맘으로서 "자식 잘 키웠다."는 소리를 들을 수 있도록 아이를 자랑거리로 만들고자 부단히 노력했던 밑바닥의 내 모습이 보인다.

분명 시작은 아팠던 아이가 학습에 뒤처질까 봐 시작했던 것인데, 지나치게 욕심을 내고 있었다.

아이가 5살이 되어 유치원에 보내기 시작했다. 유치원에 보내고 나서 집에서 얼마나 노심초사하며 아이의 하원을 기다렸던가. 아이가 미숙아로 태어나 매사 불안했고, 혼자서는 아무것도 못하는 아이라는 생각에 과잉 관심으로 아이를 키워냈다. 아이가 조금이라도 힘들어하거나 가기 싫어하는 것 같은 기색을 보이면 끙끙 앓고 고민하다가 이렇게 억지로 시켜서 뭘 하나 싶어 유치원도 몇 개월 다니고 그만두게 했다. 내가 집에서 시키는 건 억지로 시키는 것도 많으면서 뭐가 그리 잘났는지, 다른 교육기관도 신뢰하지 못하고 내가 모든 것을 하려 했다.

푸름이 닷컴의 수원 지역 모임에 나간 적이 있다. 한글도 빨리 떼고 개월 수에 비해 책 읽는 양도 대단하고 많은 조각의 퍼즐도 한자리에서 움직이지 않고 맞추는 아이들, 수학 선행 학습도 놀랄 만큼 많이 했던 아이들의 모습이 기억난다. 지금의 그 아이들은 특목고에 갈 만큼 똑똑한 아이들이었다. 그런 아이들과 2년 정도 품앗이를 함께했다. 그러나 그들을 만나고 돌아오면 기분이 좋아지고 마음이 행복으로 채워지는 것이 아니라 불안과 두려움이 더 엄습해왔다.

타고나기를 영특하게 타고난 아이들과 비교하며 그 황금 같은 시간을 그렇게 흘려보냈다.

만약 지금 같았으면 그렇게 나 자신이 스트레스 받는 일은 하지 않았을 것이다. 그보다는 가장 중요한 것을 챙겼을 텐데, 그때만 해도 엄마가 정보력을 갖추고 아이에게 무언가 넣어 주고 채워 주는 것이 가장 엄마로서 해야 할 일이며 나는 잘하고 있다고 생각했다.

아이가 초등학교에 입학하면서 교육에 대한 열정은 더 대단해졌다. 스케줄 표를 짜놓고 아이가 매일 해야 할 것에 번호를 매겨서 시켰다. 그날 해야 할 것을 하지 않으면 밖에 나가서 놀지도 못하게 했고, TV 시청도 제한했다. 아이가 좀 더 커서는 스마트폰 이용도 시간 규제를 했다.

무조건 습관을 길러 주는 것보다 아이가 오늘 무언가를 정말 하고 싶지 않으면 대신 다른 것을 좀 더 시켜서 하고 싶은 것을 들어 주고, 대신 아이가 좀 더 쉰 다음에 원래 목적대로 하는 것이 더 효율적이라는 것을 그땐 왜 몰랐을까?

초등학교 때 학습이 왜 그렇게 아이의 전부인 것처럼 중요하다고 여겼던 것일까. 오늘 못하면 내일 해도 충분히 괜찮은데 말이다. 물론 분명히 아이의 습관을 잡아 주는 것은 중요하다. 하지만 아이들도 매번 게으름을 피우고 매번 해야 할 일을 내일로 미루고 싶어 하는 건 아니다. 둘째 아이 때는 이러한 마음으로 키워보니 아이가 오히려 내일로 미루게 되면 힘들다는 것을 깨닫고 힘들어도 오늘 해야 할 것은 해내는 것을 보게 되었다.

아이가 그러한 책임감을 스스로 느끼게 해야 했는데 무슨 조련사처럼 오늘 해야 할 스케줄을 표로 짜서 일일이 아이의 앞에서 체크하며 해야 할 것과 하지 않아야 할 것을 코치했던 엄마였다. 당장 아이의 성적이 오르는 것이 중요한 게 아니라 멀리 보고 스스로 해내는 자율성, 스스로 자신의 할 일을 챙기는 책임감, 어떠한 일이 있어도 단단한 마음의 힘이 있는 자존감 등이 가장 중요한 요소였다. 그런데 아이에게 스스로 할 기회를 주지 않고 일일이 엄마가 챙기니 학교에서 시험이라도 있으면 아이가 준비하고 고민하는 것이 아니라 며칠 전부터 시험 준비해 줄 생각에 내가 먼저 스트레스 받고, 아이의 성적이 나오면 아이보다 엄마인 내가 속상해하는 이상한 모습이 되었다. 그런 모습이 초등학교 고학년까지 이어졌다.

분명 시험이 있으면 아이가 준비해야 한다. 그리고 성적이 나쁘면 아이 본인이 속상해하고 고민하는 것이 맞는 것이다. 그런데 아이의 몫까지 내가 짊어지고 가야 했으니 엄마의 부담감이 얼마나 가중되고, 얼마나 짜증이 났을까?

그렇다고 아이가 성적이 혹 잘 나왔다면 모르겠다.

만약 그랬으면 내 방식이 맞는 줄 알고 계속 끌고 가다가 나중에 더 큰 문제가 되어 터질 수도 있었을 것이다.

아이는 학원에 다니고 엄마가 일일이 챙겨 주어도 학교수업만 받는 아이들보다도 성적이 나오지 않았고, 엄마인 나는 그런 부분에서 굉장히 스트레스를 받았다.

그동안 아이는 엄마가 시키면 무조건 성적이 오르는 줄 알았다.

하지만 자신이 하려는 의지가 가장 중요했고, 학습은 무엇보다 타고난 재능임을 뒤늦게야 깨달았다. 엄마가 앞장서서 끌고 갔으니 당연히 그 의지가 스스로 생길 리가 없었다.

아이가 중학교에 입학한 후에는 배우는 과목의 양이 많아졌고, 중간·기말고사 때마다 시험을 치러야 하는 과목의 수도 어마어마하게 많아졌다. 그동안 엄마가 짜준 스케줄대로 공부하고, 학원 숙제도 검사받으며 공부하던 녀석이 중학교 올라가서는 덜컥 네가 알아서 하라는 말에 이제 막 초등학교 저학년이 된 것처럼 어떻게 공부해야 하는지도 모르고 스스로 잘 챙기지도 못하며 우왕좌왕했다.

이젠 내가 대신해 주기엔 아이가 배우는 과목 수도 많고 학습의 난이도도 높아졌으며 지금껏 해왔던 방식이 옳지 않다는 것을 알기에 분리를 시키려는 시도였다.

아이의 시험 성적은 좋지 않았다.

아이는 여전히 공부보다는 스마트폰을 더 많이 만지고 있고, 시험 기간에는 친구랑 독서실을 간다고 한다. 가서 공부를 얼마나 하고 올까 싶지만, 그래도 이제는 그것 또한 학창시절 때나 경험할 수 있는 추억이라고 생각하기에 아이의 선택을 믿고 맡긴다. 학습 스케줄도 자신이 짜고 수행도 스스로 해 가게끔 한다.

분명히 내가 일일이 챙겨 주는 것보다는 많이 부족하고 못할 수도 있다.

하지만 그렇게 아이가 스스로 시행착오를 겪어나가며 자신의 스타일을 알아가고 공부 방법을 터득해나가는 것, 자신의 해야 할 일을 스스로 챙기고 혹 못 챙기면 책임지는 삶이 맞다는 생각이 들어 그렇게 하는 중이다. 비록 아이의 성적은 좋지 않고 성적표 나올 때는 한숨이 나오기도 하지만 스스로 해내는 자율, 책임감, 자존감, 엄마와의 관계 등이 서서히 형성되어가는 것을 보면서 혹 아이가 공부를 잘하지 못해도 훗날 무엇을 해도 자신만의 몫과 그릇대로 살아갈 거란 믿음이 생겼다. 그리고 그런 아들을 보는 것이 크게 불편하지 않은 것을 보니 지금 이렇게 가는 것이 맞다는 생각이 든다.

6. 걱정과 두려움

아이가 초등학교에 입학하고 나서부터 학교가 끝나면 집 앞 놀이터에서 엄마들은 수다를 떨고 아이들은 함께 놀게 되었다. 눈에서 크게 벗어나지 않게 그 테두리 안에서 얌전하게 노는 준섭이, 정원이, 이루, 현철이 등 모범적인 성향인 아이들에 반해 우리 중현이는 신발을 벗고 던지기 놀이도 하고, 가끔 눕기도 하고 온몸을 다 쓰면서 논다. 집으로 돌아갈 때 보면 아이의 온몸에 잘 놀았다는 흔적이 고스란히 남아있다. 그때 함께 어울렸던 아이들은 지금 어느 정도 커서 보니 모범적인 성향을 가진 아이들이었다.

학교 공개수업에 갔을 때의 일이다. 모둠 수업이 진행되는 중에 중현이가 돌아다닌다. 여기저기 돌아다니며 다른 모둠의 아이들이 하는 것을 구경한다고 기웃대는 모습에 쥐구멍이라도 있으면 들어가고 싶은 심정이었다.

내 틀 안에 사고를 두고 내 기준에 맞지 않는 모습은 잘못된 모습이라 생각했던 나는 다른 아이들과 다르게 행동하는 중현이의 모습이 굉장히 보기 불편했다. 지금 생각해보면 충분히 그럴 수도 있는 모습이었는데, 그때만 해도 별것도 아닌 모습에도 대단히 별일인 것처럼 중현이를 향한 내 시선은 아주 불안했다. 중현이와 닮은 성향의 아이들을 따로 만나게 해 주고 싶을 정도였다.

둘째 아이 때 보니 아이가 스스로 알아서 서서히 친구 관계를 넓혀가는 것을 볼 수 있었는데 첫째 아이 때는 그런 것을 기다려 주지 못하는 엄마였다. 특히나 중현이는 아프게 태어나기도 해서 뭐든 예민하고 불안한 시선으로 아이를 바라봤던 엄마였기에 엄마가 뭐든 해결해 주고 채워 줘야 할 것만 같았다.

초등학교에 입학하고 겨울쯤 반 모임 공간에 공지하여 10명이란 인원이 한 달에 한 번씩 나들이를 다니는 모임을 만들었다. 더 넓은 야외로 친구들과 함께 놀러 가서 보내는 시간은 너무나 재미있고 행복했다.

그 모임 안에서 만난 친구 중 예람이는 중현이 이상으로 자유로운 영혼의 모습을 가진 아이였다. 물을 보면 그냥 지나치지 못하고 신발이 젖더라도 그 호기심을 채워야 했고, 항상 새롭게 놀이를 만들어 잘 노는 아이였다. 헤어질 때면 '나 오늘 정말 잘 놀았다.'는 흔적이 아이의 몸에서 고스란히 느껴졌다. 예람이를 만나면서 중현이와 닮은 모습에 마음이 많이 편안해졌다. 중현이는 그 친구와 단짝이 된 덕에 여러 가지 다양한 놀이를 하며 초등학교 시절을 풍성하게 보냈다. 그때 조금씩 느꼈다. 아이마다 성향이 다 다르고 나와 같은 사람만 있지 않다는 것을 말이다. 사실 나와 닮은 성향을 가진 아이들이 보기 편한 건 사실이었다.

예람이는 중학교 3학년이 된 지금은 유튜브(YouTube)에 스스로 편집한 영상을 올려 자신의 용돈은 충분히 벌 정도로 자신이 호기심이 있는 것에는 확실히 집중해서 제대로 해내는 아이가 되었다.

예람이의 부모는 아이에게 큰 테두리를 주고 자유로이 하게끔 기회를 주었고, 그 결과로 예람이는 자신만의 능력을 한껏 발휘하며 성장해 왔다. 분명 중현이와 비슷한 모습이었는데 나는 성향이 다른 것을 인정한다고 하면서도 머리로만 이해했을 뿐 중현이를 계속 규제하고 잔소리했던 엄마였기에 중현이는 자신의 성향을 예람이처럼 한껏 발휘하며 성장하지 못했다.

학년이 올라갈수록 상장도 받아 오고, 학급 임원도 도맡고, 시험을 치르면 100점을 받아 오는 아이들의 엄마가 부러웠다. 어쩌다 반 학부모 모임이라도 나가면 '그런 아이의 엄마는 얼마나 행복할까?', '저 엄마는 아이가 잘해서 저렇게 당당한 건가?', '그래서 저 엄마 주변에는 사람들이 저렇게 많은 거지?', '가만히 있어도 다들 저 엄마 연락처를 묻고 찾는 거지?'라고 끊임없이 생각했다. 지금 보면 착각을 해도 대단히 착각했던 것이다. 나중에 첫째 아이보다는 좀 더 빠른 발달을 보이고 학교생활도 엄마 바람대로 해 주는 둘째 아이를 보면서 그것이 대단한 착각이라는 것을 알게 되었다. 결코 아이가 잘하는 것이 내 행복과 비례하는 것은 아니었다. 물론 아이가 잘한다면 순간의 기분 좋음은 있었지만, 그 감정은 오래가지 않았다. 또 그것이 무조건 당당함으로 이어지는 것도 아니었으며 가만히 있어도 내 주변에 사람들이 몰려드는 것도 아니었다.

정신과 의사인 서천석 선생님이 어느 영상에서 너무나 공감하는 이야기를 하신 적이 있었다.
학창시절 너무나 잘나갔던 동료 여의사가 있었다. 어디를 가나 주목받던 그 의사가 아이의 학교모임에 나갔는데, 자신의 이야기는 별로 귀담아듣지 않고 자기 기준에 별거 없어 보이는 다른 엄마의 이야기를 귀담아듣는 다른 엄마들의 모습에 '저 상황은 뭐지?' 하는 생각이 들었다고 한다. 알고 보니 그 엄마 아이는 반 회장과 전교 1등의 성적을 받는 아이의 엄마였다고 한다. 그 아이에 비하면 자신의 아이는 크게 학교에서 두각을 나타내는 아이가 아니었던 거다.

동료 여의사는 처음으로 자존심이 상하는 일을 겪었다며 서천석 선생님께 흥분해서 이런 일화를 이야기했다고 한다.

물론 서천석 선생님의 동료 여의사가 겪었던 상황처럼 그런 부류의 사람들도 분명 있다.

아이의 성적표가 엄마의 성적표인 마냥 여기는 사람들. 그래서 어쩌면 엄마들도 그렇게나 아이들의 성적표에 연연해 하는 것일지도 모르겠다. 자랑거리가 되고 싶고, 엄마들 모임에 나가 주목받고 싶은 이유 때문일 것이다.

하지만 모든 엄마가 전부 그런 것은 아니다. 더욱이 아이가 커가면서 눈에 보이는 성적, 상장, 임원, 수상 등을 자랑거리로 삼는 아이들의 엄마는 마냥 보기 좋은 것이 아니다.

인사 잘하는 아이, 친구들에게 배려심으로 대하는 아이, 힘든 친구들을 도와주고 안아 주는 아이, 자신이 좋아하는 일을 열심히 하는 아이, 자신이 해야 할 일을 스스로 잘 챙기는 아이 등. 그런 아이들을 보면 엄마가 궁금해지고, '그 엄마야말로 정말 행복한 엄마가 아닐까?'라는 생각이 언제부터인가 들기 시작했다. 아이마다 자신의 태어난 모습대로 타고난 그릇, 못만큼 천천히 자신의 속도대로 살아가고 있는데 욕심 많고 조급하고 불안했던 엄마, 콤플렉스가 있었던 엄마는 그 아이를 문제 덩어리, 부족한 덩어리라고 치부하며 그러한 눈빛으로 아이를 바라봤다. 그러니 아이가 건강하게 자랄 수가 없었던 것이다. 아이 안에는 마음의 병이 생기고 있었다.

아이가 숙제도 잘 하지 않는다. 숙제를 하지 않아서 혼나도 괜찮다. 자신이 해야 할 것을 챙기지 않았다. 성적에 크게 신경 쓰지 않는다. 자신이 관심 있는 것 외엔 늘 수동적이다. 자신의 의견도 잘 내지 않는다. 엄마가 뭐라 하면 듣기만 한다. 그리고 행동 수정이 거의 이루어지지 않는다.

가끔 참았던 화가 결국 폭발했다.

아이에게서 공부에 대한 의지가 크게 보이지 않았다.

그동안 시킨 과외 학습이며 읽어준 책들, 데리고 다닌 다양한 경험들. 그 수많은 것이 무슨 소용이 있을까? 그러한 것을 거의 해 주지 않고 자란 아이들이 더 눈에 보이게 잘 크는 모습을 보면서, 허탈감과 함께 내가 그동안 아이와 함께했던 길이 잘못되었다는 회의감이 들기 시작했다. 하지만 그것이 무조건 잘못된 것만은 아니다. 아직 내 마음 한쪽 어딘가에서는 그러한 경험이 아이 안에 자양분으로 쌓여 훗날 커 가는 데 도움이 되리라 믿고 싶다.

그래도 분명, 어디서부터인가 실타래가 꼬이긴 한 것 같다는 결론을 내렸다.

아이가 엄마의 틀 안에 들어오지 않는다고 무슨 정답의 모습이 있는 것처럼 엄마가 하라는 대로 아이에게 하라는 교육 방식은 정말 잘못된 것이다. 큰 테두리 안에서 아이 스스로 하고 싶은 대로 펼쳐나가게 하고, 스스로 조절하게끔 하는 것이 옳은 방식이다.

나 역시 중현이가 해야 할 일은 중현이가 계획하고, 결정하고, 선택하게끔 하는 것이 맞다는 생각이 들었다. 아이의 모습 있는 그대로 수용해 주는 시선이 가장 중요했다.

아이의 중학교 1학년 때, YMCA 청소년수련관에서 주최하는 '자전거 국토 순례'를 여름 방학을 이용하여 참가시켰다. 자전거 국토 순례는 7박 8일 동안 600㎞의 거리를 완주하는 일정으로, 전라도에서부터 거슬러 올라와 경기도에 도착하는 것으로 끝나는 코스다. 가장 더운 8월 초에 가는 순례인데, 중현이는 처음에 참가한 이후로 그 순례에 매년 참여하고 있다. 중학교 2학년 때도 다녀왔고, 중학교 3학년 때도 또 간다고 한다.

총 5번을 다녀오면 그들을 인솔할 수 있는 '로드 가이드' 자격이 주어지는데, 실제로 그렇게 하는 고등학교 형을 보면서 중현이만의 목표가 생겼다.

순례를 하다 보면 코스 중간마다 너무나 힘들어하는 사람들을 버스에 태운다. 중현이는 그 버스에 한 번도 몸을 싣지 않는 자신의 모습을 굉장히 뿌듯해했다. 그리고 라이딩을 하면서 힘든 오르막길 다음엔 반드시 시원한 내리막길이 있었기에 그 내리막길을 생각하면서 오르막길 라이딩을 꾹 참고 했다는 아이의 말에 나도 모르게 울컥했다. 아이가 인생의 참된 진리를 국토순례를 통해 깨닫고 온 것 같아서 참 많이 뿌듯했다.

이렇듯 국토 순례로 인해 아이가 달라졌다.

미숙아로 태어나 몸이 약하고 천식이 있어서 늘 건강이 염려되었던 아이였는데 자전거를 타면서 근육 돼지란 별명이 생길 정도로 건강해졌고, 학교에서 팔씨름으로 꽤 유명인사가 되었다.

중현이는 다른 친구들보다 뭐 하나 잘하는 게 있다는 이유만으로도 목소리에 힘이 생기고, 엄마의 말에 자신의 의견을 내놓기도 했다. 그리고 친구의 말이라고 해서 무조건 수긍만 하지 않고 친구들 사이에서도 자신의 의견을 조금씩 낼 줄 아는 아이로 성장하며 점차 건강해지고 있었다.

또한, 자신이 관심 있고 하고자 하는 일은 확실하게 챙기고 해내는 것을 보면서, 아이의 관심 여부가 행동을 결정하는 데 큰 차이가 있다는 것을 아들을 통해서 느꼈다.

중현이는 우연한 기회에 온라인으로 베트남어를 배웠다가 지금은 매주 강남역 부근의 학원으로 베트남어를 배우러 다닌다. 새로운 것을 배우는 것, 새로운 경험을 겁내지 않는다는 큰 장점을 가진 중현이가 훗날 한국이 아닌 베트남에서 활약할지도 모르는 일이다.

국토 순례로 인해 아이가 자신감을 찾고 발전했듯이, 아이가 베트남어로 인해 그 베트남어로 굳이 무언가 하지 않아도 자신이 할 수 있는 것이 있다는 것을 깨닫고 또 한 뼘 성장하기를 기대해 본다.

　아이가 공부를 잘해야만 자신감이 생기고 자존감이 높아질 줄 알았다.
　물론 우리 때만 해도 어느 정도 그런 경향이 있긴 했다. 하지만 요즘 아이들은 무엇이든 잘하는 것 하나만 있어도 그것으로 꽤 자신감이 상승하고, 자존감이 높아진다는 것을 알게 되었다.
　더욱이 아이가 반드시 잘하는 것이 있지 않더라도 걱정하고 두려워하지 않게 되었다. 그 아이의 모습을 그대로 인정해 주고 사랑해 주면서 이전보다 성장한 아이의 모습을 작은 것 하나도 놓치지 않고 알아봐 주고, 칭찬해 주다 보면 아이의 마음의 힘이 생기고 충분히 자신의 몫대로 살아갈 수 있을 거란 믿음이 생겼다.

7. 시댁과의 합가(合家)

어머님과 함께 살아온 지 15년이 되어간다. 어머님은 내가 큰아이를 아프게 낳고 지낼 때, 10분 거리에 사는 신혼집에 첫째 아이가 돌이 될 때까지 거의 매일 오셨다. 며느리들은 매일 오는 시어머님이 싫다고 하지만, 아이를 미숙아로 낳아 많이 보채고 언제 응급실로 갈지 몰라 불안했던 나에겐 시어머님이 매일 오셔서 함께 아이를 돌봐 주신다는 것이 어른이 곁에 계신다는 안도감과 함께 너무나 든든하고 감사했다. 그사이 도련님이 결혼하고 아가씨까지 결혼했고, 난 큰아이가 돌이 되었을 때 어머님과 함께 살겠다는 결정을 내리고 어머님 집에 합가(合家)를 했다.

아무리 좋은 시어머니여도 매일 만나는 것과 함께 사는 것은 많은 면에서 달랐다. 처음 합가한 후 2년 동안은 아침에 일어나면 괜히 어깨가 아팠다. 무엇이든 해야 한다는 강박증세가 있는 나는 어른과 함께 살아가니 먹거리가 신경 쓰이고, 집이 깨끗하지 않을 때면 그때그때 치워야 하고, 늘 정돈되어 있어야 하고, 엄마로서 아이들과 지내면서 아이들을 대할 때 모든 것이 신경이 쓰이면서 남편과도 싸우지 않고 잘 지내야 한다는 이른바 '뭐든 잘해야 한다.'라는 생각에 많은 압박감을 받았다.

좌충우돌하며 엄마 노릇도 초보, 며느리 노릇, 아내 노릇도 모두 초보인

나는 각자의 역할에서 뒤엉킴을 느낄 때면 그 스트레스를 아이한테 많이 풀었다.

지금도 그때를 생각하면 아이에 대해 미안함이 이만저만이 아니다.

어느 날은 어머님에 대한 스트레스가 있었는데 그 속상함은 말할 수 없어 아이한테 별것도 아닌 일에 화를 내고 등을 때린 적이 있었다.

아이는 울면서 할머니한테 갔고 어머님이 큰아이를 안고 함께 우셨다.

한참 지나서야 어머님이 말씀해 주셨는데, 나한테 낼 화를 아이한테 내는구나 싶은 내 마음을 눈치채셨다고 한다.

그렇게 함께 살아가면서 둘째를 낳았고 중현이는 어느새 중학교 3학년이 되었다.

아직도 매일매일 "우리 멋진 손주."라고 말해 주시는 어머님이시다. 아이가 엄마에게 잔소리를 들어 위축된 날도 할머니 앞에 가면 뿌듯해하고 자신감 있어 하는 표정을 짓는 것은 비단 나만 느끼는 건 아닐 것이다. 아이가 최소한 할머니 앞에 가면 늘 최고란 느낌이 들게끔 어머님은 중현이한테 항상 '엄지 척'을 해 주신다. 그 때문인지 격한 사춘기를 겪어도 할머니 앞에만 가면 순한 양이 되는 중현이다.

어떠한 상황에서 어떠한 행동을 해도 그 아이의 모습을 그대로 인정해 주고 수용해 주는 어머님. 아이의 잘잘못을 가리는 몫은 부모에게 넘기고 사랑만 넘치게 주는 어머님이시다.

최근에 크리스마스 카드에 중현이는 할머니한테 이런 말을 적어서 드렸다.

"할머니는 영원한 내 편이에요. 저에겐 없어서는 안 될 존재예요." 엄마 카드에는 잘못한 부분을 이야기하며 다음부터 노력하겠노라는 고해성사의 내용을 쓴 데 반해 할머니한테는 이렇게 써 드린 편지 내용에 내 마음이 다 울컥했다.

무조건 아이의 편이 되어 주고 마음을 헤아려 주었던 어머니, 손주의 다리가 아프다 하면 한 시간을 넘겨도 중현이가 스르르 잠들 때까지 괜찮다고 할 때까지 주물러 주시고, 혹시 실수라도 하면 몸부터 살피며 몸은 괜찮은지 살펴보는 어머니시다.

중현이가 최근에 아령으로 운동하다가 그 아령을 책상 위에 떨어트린 일이 있다. 당연히 책상 유리는 와장창 깨졌다. 전부터 그런 일이 일어날 거 같아 재차 조심하라고 일렀음에도 결국 유리가 깨졌고, 조심하지 않은 중현이의 모습과 산산이 조각난 유리를 치울 생각에 화가 올라왔다. 그런데 어머님은 중현이에게 가자마자 아이의 몸이 괜찮은지 먼저 살피는 것이 아닌가?

중현이는 당연히 그런 할머니를 좋아할 수밖에 없고 든든해 할 수밖에 없다.

사실 좀 핑계를 대자면 아이에게 무조건 편이 되어 주는 역할을 어머님이 하시니 난 다른 역할을 하고 있는지도 모르겠다. 하지만 책상 유리 사건과 같은 일이 있을 때면 순간 올라오는 감정은 안쓰러움보다는 조심하지 않은 부분에 대한 화가 먼저 올라오는 것이 솔직한 내 마음이다.

하와이 카우아이섬은 너무 열악한 환경의 섬이다. 그 누구에게도 보살핌을 받지 못하는 그런 환경의 섬에서 일부 아이들이 잘 성장했는데, 그런 아이들의 모습을 관찰·연구한 결과, 훗날 성공한 아이들에게는 공통점이 있었다고 한다. 부모님이든, 조부모님이든, 동네 분이든, 학교 선생님이든지 어느 누군가가 늘 전적으로 아이의 편이 되어 주었다는 연구 결과가 있다.

중현이에게 무조건 인정해 주고 수용해 주는 큰 사랑을 주는 분은 분명 어머님이다.

나의 신랑은 어머님께 어렸을 때 딱 세 번 혼났다고 한다.

산에 불을 냈을 때, 냉장고에서 장난치다가 냉장고를 앞으로 넘어뜨렸을 때, 차에 매달려 가다가 다쳤을 때. 그렇게 세 번을 혼났지만, 그 외에는 혼난 기억이 없다고 한다.

나중에 어머님께 어떻게 그렇게 혼을 안 내실 수 있냐고 물었더니 중학교 1학년 때부터 아빠가 없는 아이들을 남들 앞에서 기죽지 않게 키우고 싶으셔서 가급적 혼을 내지 않으셨다는 말씀에 울컥했다.

1949년생인 어머님은 태어나자마자 어머님의 아버님께서 6·25 때 월북하셔서 아버지의 얼굴을 기억하지 못하신다. 홀어머니 아래서 엄격하게 자랐고 결혼하여 어머님이 37살에 혼자가 되셨다. 갑작스러운 심장마비로 남편분, 즉 아버님이 돌아가셨기 때문이다.

어머님께서는 엄격한 환경에서 자라셨지만 외동딸로 귀하게 사랑받으며 자라오신 덕에 좋은 성품인 데다가 여러 가지 힘든 상황들을 만나면서 어떠한 상황이든 긍정으로 유연하게 넘기는 힘이 생기셨고, 웬만한 일은 일도 아닌 일이라고 느낄 정도의 성품이 되셨다. 그 덕분에 아무리 힘든 상황도 어머님이랑 이야기를 나누다 보면 그럴 수 있는 일로 넘기게 된다. 다들 중현이가 아기 때 발달이 제대로 되지 않을 때나 처음 목 가누기가 되지 않아서 걱정할 때 어머님께서는 우리 집이 유전적으로 얼굴이 커서 목 가누기가 힘든 거라고 이야기해 주셨다. 그때 그 말에 어찌나 마음이 편안해지던지. 그렇게 어머님은 매사에 긍정적으로 이야기해 주시는 편이었다.

당연히 어머님도 첫 손주가 걱정되고 불안하셨을 거다. 하지만 노심초사하고 불안해하는 며느리의 마음을 편안하게 하고 싶으신 마음에 그렇게 표현하신 지혜로운 어머님이시다.

그래서 나는 중현이와 수연이를 키우며 힘든 이야기부터 좋은 이야기까지 모든 이야기를 어머님께 주저리주저리 말하게 되었다.

그러다 보면 분명 말하기 전에는 큰일 같아 보였는데도 어머님과 이야기를 나누고 나면 별일이 아닌 것이 되어버리게 되고, 좋은 일은 우리 아이들만 겪는 특별한 일인 거처럼 기뻐하시고 좋아해 주시니 기쁜 소식이나 힘든 소식도 어머님께 제일 먼저 알리게 되었다.

언젠가부터 어머님의 모습대로 살아가고 싶다는 생각을 해 본다. 그런 어머님 덕에 내 아이들도 정서적으로 점점 더 편안해져 가는 것을 느낀다. 함께 살면서 지금껏 크게 잔소리를 들은 기억이 거의 없는 것을 보면 어머님이 참 대단하시다는 생각이 든다. 그렇다고 내가 잔소리 듣지 않을 만큼 하는 것도 아니다. 잔소리하려고 하면 끝도 없으리 만큼 내 날것의 모습을 매일 보시는 어머님이시다. 오늘도 어머님의 무언의 힘으로 나는 스스로 나의 잘못을 알아차리고 살아간다. 힘겨운 시간을 잘 견뎌 오시고 긍정의 시선과 한결같은 성품을 가진 어머님. 아이들에게만큼은 표현력 최고이신 나의 어머님. 그래서인지 삼 남매 모두 각자 자신의 몫대로 너무도 잘 살아가고 있나 보다.

물론 함께 살아서 불편한 점도 분명 있다. 더욱이 어머님께서는 이젠 연세가 어느 정도 있으신 탓에 당뇨, 고혈압 등의 병이 있으셔서 일 년에 한두 차례 정도는 응급실에 가실 때도 있고, 병원에 입원하실 때도 있으시다.

그럴 때는 한껏 힘겨움이 올라오고, 주변에서 시댁 부모님을 모시지 않는 대부분의 친구들의 삶이 부럽게 느껴질 때도 있다. 하지만 그럴 때마다 나 자신에게 말하면서 스스로를 다독이는 말이 있다.

'함께 살면서 내가 주어도 부족한 사랑을 한없이 아이들에게 주시는 할머니의 사랑은 흉내 낼 수 없다.' 아이들이 그 사랑을 받고 정서적으로 편안해지고, 가끔 만나는 외할아버지와 외할머니께는 내가 시켜야 전화를 드리고 편지를 써 드린다면, 함께 사는 친할머니께는 늘 자신들이 알아서 챙겨 드리고 표현하는 것을 보면서 내가 느끼는 불편한 소소한 일들보다 내가 얻는 하나의 큰 사랑이 얼마나 큰지 느껴간다.

이런 점들이 함께 살아가는 힘이고, 함께 살기 때문에 얻는 큰 축복이며 감사한 것이라 생각한다.

그러한 마음이 가득한데도 어머님을 세심하게 챙겨 드리지 못하고, 세심하게 표현해 드리지 못해 미안함이 많이 든다. 늘 기본만 겨우 챙겨 드리는 며느리임에도 늘 인정해 주시고 며느리 또한 있는 그대로 사랑해 주시는 덕에 내가 성장하고 내가 바로 서는 데 큰 역할을 해 주시는 어머님이시다.

어쩌다 한 번씩 뵙는 사이였다면 좀 더 애교 있게 표현해 드릴 텐데, 매일 함께 살아가는 생활이고 삶이다 보니 그런 것이 잘되지 않는다. 평소에 잘 표현 못 해 드리는 마음을 이 공간을 통해서나마 표현하고 싶다.

"어머님이 내 어머님이라 감사합니다. 힘든 가운데서도 큰아들 멋지게 잘 키워 주셔서 감사합니다. 어머님의 손주들인 중현이와 수연이에게 사랑 듬뿍 주셔서 감사합니다.

부족한 며느리 있는 그대로 사랑해 주셔서 감사합니다.

건강하게 오래오래 곁에 있어 주셔요. 사랑해요. 어머님."

제2장

엄마 공부를
시작하다

1. 5년간의 부모교육

2014년 8월은 내가 부모교육 자격증을 받은 달이다. 그동안 기초과정부터 심화, 강사과정까지 5년이란 시간이 걸려 부모 역할 훈련(Parent Effectiveness Training, 이하 P. E. T.) 자격증을 받았다.

큰아이가 7살 때, 나는 동네 도서관에서 부모교육을 한다는 공지를 보고 바로 등록했다.

나는 그동안 큰아이에 대한 욕심은 많았지만, 욕심만큼 아이는 따라오지 않았다. 그러면서 주변의 아이들, 푸름이 닷컴 카페의 얼굴도 모르는 수많은 영재 아이들과 큰아이를 비교하며 육아는 너무나 힘들다고 생각하며 하루하루를 보냈다.

아이를 키우면서부터는 육아서를 읽게 되었다. 본격적으로 책을 보기 시작한 것이다. 이렇게 하라, 저렇게 하라는 가르침이 들어있는 독서교육법이 적힌 책부터, 아이를 잘 키우고 이를 책으로 낸 엄마들의 육아 정보를 얻기 위해 수많은 육아서를 정독했다. 하지만 책에서 배운 그 많은 것들을 아이에게 적용해 보면 실상은 달랐다. 아이는 책에서 나온 아이만큼 해내지도 못했고, 대화법도 마찬가지였다. 비슷한 상황을 만들고 책에서 적힌 대로 이야기했지만 아이는 그렇게 대답하지 않았다. 책과 다른 상황을 만들어내니 늘 헷갈리고 책을 읽은 그때만 교육법을 익혔다고 여겼을 뿐이었다. 책에 적힌 수많은 학습법과 대화법은 내 아이에게는 적용되지 않았다.

나중에서야 깨닫게 되었다. 학습 공부는 타고난 재능이라는 것을 말이다. 어느 정도야 열심히 하면 노력 여하에 따라 아이의 학습 능력이 발현될 수도 있지만, 영재는 노력하면 누구나 키워낼 수 있는 것이 아니었다.

정신과 의사 서천석 선생님이 말씀해 주신 이야기다. 어느 날, 어떤 기관에서 의뢰를 받았다고 한다. 그 의뢰는 10명의 영재 아이의 집을 가가호호(家家戶戶) 방문해서 부모의 어떠한 부분으로 인해 그 아이들이 영재가 되었는지, 그 연관성을 분석해 달라는 의뢰였다. 선생님은 그 연관성을 분석하여 책을 내면 대박이 날 것이라는 생각이 들어 그 의뢰를 흔쾌히 받아들였는데 세 아이 정도의 집을 방문하고는 그 조사를 멈추었다고 한다. 그 아이들은 어느 엄마가 키워도 영재로 키워낼 수 있다는 결론이 나왔기 때문이다.

또 다른 사례도 있다. 어느 날 소아정신과에 한 엄마가 방문했다.

그녀는 두 아이를 학습적으로 아주 우수하게 키워내서 엄마 역할에 대한 자신감이 넘치는 엄마였다. 그녀가 셋째 아이를 입양하여 키웠는데, 그 아이는 첫째, 둘째 아이 때 적용했던 교육 방법을 똑같이 적용했는데도 그렇게 되지 않고 오히려 그 방법으로 인해 아이와 부딪혀서 상담을 받으러 왔다고 한다.

그러한 사례들을 만나면서 서천석 선생님이 단호하게 결론을 내린 것이 있다. 바로 '학습은 타고난 것'이라는 점이다.

하지만 학습이 아니더라도 아이들이 부모들의 뒷모습을 보면서 배우는 것 또한 있다고 한다. 살아가면서 힘들 때 이를 헤쳐나가는 근성, 살아가는 습성, 삶을 대하는 자세, 인성은 부모에게 얼마든지 배우고 부모가 가르칠 수 있다고 한다.

대화도 마찬가지다. 아이마다 성향이 다르고, 아무리 비슷한 상황을 만들어 주고 책에서 적힌 그대로 대화를 유도해도 아이들은 각기 다르기 때문에 책에서 나온 대로 대답하지 않는 것이다.

나 역시 앵무새도 아니고 매번 책을 보면서 따라 하고 외울 수도 없는 노릇이었다.

하지만 P. E. T.를 만나면서 아이를 대하는 기본 원리와 기술을 배우니 어디서부터 시작해야 하고, 아이를 다루는 방법을 어떻게 사용해야 하는지 큰 그림을 그릴 수 있게 되었다. 그렇게 되니 내 컨디션이 좋고 내가 하려는 의지만 있으면 대화법이 자연스레 내 입에서 나오게 되었다.

그동안 무수히 보고 들으러 다녔던 육아서 강연들에서는 "이렇게 하면 아이 잘 키웁니다."라는 이야기를 했고, 나는 여기에만 혈안이 되어 정말 중요한 것을 보지 못했다.

분명 푸름이 닷컴 카페에서 아이를 잘 키워내 책을 쓴 엄마들도 가장 중요한 요소로 서로의 관계, 소통과 같은 부분을 많이 이야기했지만, 그때만 해도 그런 것들은 내 눈에 보이지 않았다.

그동안 들으러 다녔던 강의들과는 많이 달랐던 부모 역할 훈련에 대한 강의를 8주 동안 도서관에서 이수하면서 참 많이 울었다. 강의를 통해 그 무엇보다도 부모·자녀 간의 관계가 가장 중요함을 절실히 깨닫게 되었다. 그러면서 그동안 내가 아이에게 많은 욕심을 내고 그로 인해 상처 주었던 것들이 하나씩 생각나 매주 수업을 들으면서 많은 눈물을 흘렸다.

8주 과정을 마친 후에는 더 배우고 싶다는 마음에 그 방법을 강사님께 물었다. 강사님은 한국 심리 상담연구소를 소개해 주셨고 그렇게 다음 과정을 연이어서 듣게 되었다.

도서관에서는 많은 사람과 함께 강의를 들으니 강사님의 이야기만 듣는 일방향 강의가 되었지만, 연구소에 가서 듣는 강의는 8명 정도의 소규모 인원으로 수업이 진행되었다. 그러다 보니 강사님이 혼자 말씀하시는 일방향의 강의가 아니라 함께 이야기 나누고 또 역할 연습도 해보는 양방향 식의 수업을 들을 수 있었다.

사실 강의를 들을 때는 알 것 같았던 방법들도, 집에 가서 막상 해 보면 잘 되지 않았다. 그래도 대화법을 배우는 과정이다 보니 기본 원리를 배우고 상황에 따라 어떻게 대화해야 하는지 그 대화법을 배우게 되었다. 그리고 어색하고 어려워도 현장에서 연습하다 보니 그 대화법은 하나씩 내 것이 되었다. 그렇게 나는 5년이 걸려 강사 과정까지 가게 되었다.

엄마로서 부족했지만, 부모 역할을 배우다 보니 내 마음이 편안해지면서 아이를 바라보는 시선이 조금씩 달라지고 서서히 아이와의 관계도 좋아진다는 것을 느낄 수 있었다. 그러면서 더욱 P. E. T.를 놓칠 수 없게 되었다.

처음에 이 교육을 들을 때는 이것으로 무엇을 하기 위해서가 아니라 오로지 나 자신을 위해 배운 것이기에 마음이 급할 이유가 없었다. 그래도 1년에 한 과정씩, 차근차근 배워 5년 후에는 자연스럽게 강사 과정까지 밟게 되었다. 중간중간 다른 기관에서 MBTI(Myers-Briggs Type Indicator) 과정도 배우면서 내 아이와 나와 다른 성향에 대해서 이해하고 받아들이게 되었다. 그러면서 차츰차츰 P. E. T.에서 배운 대화법이 좀 더 수월하게 이루어졌다.

사실 처음에는 P. E. T.에서 배운 대화법이 실생활에 잘 적용되지 않았다. P. E. T.에 따르면 아이의 마음이 힘들 때는 내 이야기를 먼저 하기 전에 아이의 마음을 충분히 들어 주는 대화 기술을 사용하고, 내가 힘들 때는 내 이야기를 하는 대화 기술을 사용해야 한다. 그 원리를 알고 어떤 기술을 사용해야 하는지 충분히 알면서도 아이의 마음이 힘들 때 내 마음이 더 힘들어지고, 아이의 짐이 내 짐으로 바로 옮겨지게 되니 아이의 마음을 들어 주기는커녕 내가 하고 싶은 이야기를 먼저 하기 바빴다.

그러한 대화 기술이 잘 적용되려면 내 마음 상태가 정말 중요하다는 것을 한참 뒤에서야 깨닫게 되었다.

내가 행복하고, 내 마음이 편안하고, 내가 건강해야 그러한 대화 기술이 잘 적용된다는 것을 알게 된 것이다.

사실 5년 동안 P. E. T. 교육을 받으면서 차츰차츰 내가 달라지고, 이로 인해 아이도 편안해지고 달라지는 것을 느꼈지만, 그렇다고 해서 손바닥 뒤집듯 한 번에 달라지는 건 아니었다. 그건 당연한 것이었다.

하지만 부모교육을 통해 바로 효과를 보고 도움을 받은 것이 있다.

예전에는 무엇을 표현하는 데 참 인색한 나였다. 고마움, 미안함 등의 감정은 잘 느끼면서도 쑥스럽고 자주 해보지 않아 이를 표현할 말이 목구멍까지 올라와도 입으로 나오기까지 참 힘든 경우를 종종 겪었다.

어느 날 P. E. T.에서 '감사 전달'이라는 것을 배웠다.

처음에는 감사하는 마음을 입으로 표현하기가 참 어려웠다. 하지만 그때는 내가 한창 카카오톡(KakaoTalk, 카톡)을 하기 시작했을 때였고, 카톡은 너무나 좋은 수단이었다. 말로는 힘들어도 글로는 얼마든지 할 수 있기 때문이다.

P. E. T.에서 배운 대로 남편한테 표현해 봤다.

"추운 날 가족을 위해 이른 아침부터 출근해서 열심히 살아 주는 당신, 고마워."

시어머님과 친정엄마한테도 표현해 봤다.

"제가 아이에게 미처 다 채워 주지 못한 사랑을 어머님이 채워 주셔서 어머님 덕분에 우리 중현이, 수연이가 건강하게 잘 자라는 것 같아 감사해요."

"엄마가 챙겨 주시는 밑반찬 덕분에 우리 식구들이 잘 챙겨 먹고 건강하게 잘 지낼 수 있어요. 그리고 내가 밑반찬에 더 신경 쓰지 않게 되어 너무나도 편한 것 같아. 엄마, 감사해요."

이렇게 한두 번 표현하게 되니, 조금씩 관계도 좁아지고 가까워지면서 좋은 관계가 저축되었다.

그러면서 조금씩 내 마음이 편안해지고, 좋아지고, 행복해지면서 그 기운이 아이들에게도 전달되었다. 나아가 나와 가장 많이 부딪히고 욕심을 냈던 큰아이에게도 덜 욕심내고 감사와 사랑의 표현을 더 많이 하게 되었다.

다른 기술들은 내 입에 익숙해지기까지 시간이 오래 걸렸다. 하지만 나에겐 감사 전달의 표현은 배우자마자 적용할 수 있었고, 지금까지도 그 덕을 참 많이 보고 있다.

P. E. T.를 통해 표현이 얼마나 중요한지 배우게 되었고, 그 덕으로 주변 관계가 달라졌다. 그리고 그럼으로써 얼마나 내가 달라져 가는지 또한 알아가는 중이다.

P. E. T. 과정을 완전하게 배우기까지 5년이란 시간이 걸렸다.

아직도 부족하고 채워나가야 할 내 모습은 많지만, 5년이란 시간 동안 아이와 지내면서, 또 살아가면서 뭐가 중요한지를 알았다.

이전의 내 모습보다 많이 편안해졌음을 느낀다.

그 과정 중간중간 다른 과정의 교육도 듣고, 책도 많이 읽었다.

기술을 배워도 그 기술을 적용하지 못하는 나 자신을 보면서 왜 그런지에 대해 나 자신에게 묻기 시작했다. 그러면서 차츰 나에 대해서도 알아가고 그러면서 자연스레 기술을 적용하는 과정을 경험했다. 분명 P. E. T.는 내가 성장해나가는 데 첫 입문 과정이었다.

그 어떤 기술보다, 그 이전에 나를 아는 것이 정말 중요하다는 것을 깨닫게 해준 소중한 시간이었다.

2. 심리 공부로 내편아이 치유

방송인 정지영이 DJ가 되어 진행하는 라디오 프로그램이 있다. 그 프로그램에서 목요일마다 정신과 의사가 나와서 청취자들의 소소한 고민거리를 들어 주는 코너가 있다. 누구한테 이야기하기는 망설여지지만 말 안 하고 혼자 고민하기엔 신경이 쓰이는 소소한 이야기들로 대부분의 이야기가 구성되어 있다.

새 학기가 되면 아이들만 친구 관계가 힘든 것이 아니라 엄마들도 새 학기가 되면 많이 힘들다. 특히나 아이를 초등학교에 입학시키고서부터는 엄마들은 관계에 예민해진다.

그 라디오 프로그램에서 일하는 한 엄마를 소개하는 사연이 있었다. 반 모임에 나갔더니 벌써 한 그룹이 친해져서 자신들끼리만 아는 이야기를 주고받으며 친한 척을 하며 모임을 주도해 나가는데 자신은 왠지 소외되는 것 같고 그 모임에 함께 있다가 온 것이 아주 힘들었다고 호소하는 사연이었다. 그 사연에 대해 정신과 의사는 "그 사람들이 무척 친해 보이지만, 이제 만난 지 얼마 안 된 엄마들이고 아이들을 공통분모로 하여 급격하게 친해진 사이이니 그런 것에 크게 신경 쓰지 말라."고 했다. 그러면서 왜 어른들이나 아이들은 꼭 소위 말하는 '1군'에 끼려고 하는지 모르겠다고 하면서 반드시 그 모임을 주도하는 1군에 끼려고 하지 말고, 주변을 둘러보면 자신과 같이 혼자 있는 사람도 있고 한두 명 조용하게 이야기를 나누는 사람도 있으니 그들과 좀 더 가깝게 지내보는 건 어떠냐고 해결안을 제시해 주었다.

내가 어렸을 적, 학창시절의 일이다. 나는 초등학교, 중학교, 고등학교 생활을 주로 1군에 있는 친구들과 친하게 지냈다. 학교생활도 모범적으로 하고, 또 여러모로 재능이 있고 학급에서 분위기 메이커를 담당하고 임원을 도맡는, 소위 말하는 선생님들한테 '귀여움받는' 친구들과 함께 어울리면서 자연스레 그 반의 1군이 되었다.

어쩌면 그 1군에 끼기 위해 그들과 친하게 지냈던 건지도 모른다.

이런 내 성향은 나와 성향이 닮은 둘째 아이를 키우면서, 둘째 아이가 어느 날 내게 한 말을 통해 더 확실하게 인지하게 되었다.

둘째 아이는 같은 반에 함께 어울리는 5명의 친구가 있다. 그런데 그 아이들과 그다지 잘 맞아 보이지 않는데도 아이가 맞춰 주면서 그들과 어울리는 모습에 "수연아. 너랑 잘 맞지 않으면 그 모임이 아니라 너랑 잘 맞는 다른 아이들과 놀아도 돼."라고 이야기한 적이 있다. 그랬더니 아이가 "나는 그 모임에 있어야 왠지 우리 반 대장이 되는 거 같아."라고 말하는 것을 보고 깜짝 놀란 적이 있다. 아이가 초등학교 4학년밖에 안 되었을 때의 이야기다.

그렇게 늘 중심에 있기를 좋아했고 둘째 아이의 말대로 대장 노릇을 하는 것을 좋아했던 내가 큰아이를 키우면서, 큰아이의 모습을 보기가 굉장히 불편했다. 아이가 1군에 있기는커녕 그 반의 아웃사이더에 있는 것만 같고, 한두 명의 아이들하고만 노는 아이의 모습이 당시 내 기준으로는 사회성 부족으로 느껴졌다. 더욱이 아이의 소통 방법은 내 기준으로 보면 턱없이 부족해 보였다. 사람마다 나와 같이 모임의 중심에 있는 것을 좋아하는 사람도 있고, 여러 사람과 두루두루 잘 지내는 것이 맞는 사람도 있고, 중현이처럼 한두 명의 친구만 있어도 괜찮은 사람이 있듯이 소통방법도 각기 다 다른 건데, 나는 늘 내 기준에서 아이를 바라보면서 "외롭지 않으냐?", "학교에서 누구랑 이야기하니?", "재미는 있니?" 등의 말을 하면서 아이를 내 기준에서만 바라보고 키웠다.

사실 우연한 기회에 검사해 보았던 다중지능검사의 결과지에서도 아이의 대인관계 지능이 상대적으로 부족하게 나오긴 했다. 하지만 모든 사람이 대인관계 지능이 뛰어날 수는 없다. 그것이야말로 타고난 재능이다.

분명한 것은 여전히 큰아이는 어느 정도 큰 지금도 한두 명의 아이들과 소통하고 있고, 그렇게 지내도 충분히 괜찮고 행복하게 지내는 것을 보면 엄마가 아이 모습 그대로를 인정해 주지 못하고 너무나 앞서 걱정하고 불안해했다는 것이다.

오히려 아이가 나처럼 어울리는 것을 좋아하고 다수의 모임을 좋아하여 1군에 끼지 못하여 속상해하고 힘들어하면 그것이야말로 정말 보기 힘들었을 것이다. 중현이는 그러지 않아도 충분히 괜찮은 아이였다. 어쩔 땐 혼자 놀아도 전혀 심심해하지 않는 아이였다.

이런 부분에서 아이와 성향이 닮은 어머님은 오히려 사람 많은 곳에 가면 정신이 없고, 머리가 아프다고 하신다.

모임에 나가면 말 한마디 안 하고 오셔도 충분히 괜찮은 어머님이시다.

그래서 다수보다 한두 명과의 만남을 즐겨 하시는 분이라 중현이를 잘 이해해 주신다.

아이의 사회성에 대해 걱정을 늘 하던 때에는 청소년 상담센터에서 사회성 치료 수업을 그룹으로 진행한다는 공지를 보고 바로 등록했다.

그 수업은 12주 동안 몇몇 아이와 함께 교구 놀이도 하면서 선생님과 소통하는 수업인데 매주 그렇게 아이를 수업에 들여보내고 밖에서 기다리던 어느 날 또 다른 공지를 보게 되었다.

'카운슬링 대학'이란 강좌였다. 12주 차 강의 내용을 꼼꼼히 살펴보니 너무나 좋아서 부모들이 들으면 많은 도움이 될 것 같아 바로 등록해서 강의를 듣기 시작했다.

카운슬링 과정의 기초와 심화 과정을 이수하면 청소년 상담센터에서 자녀를 키우면서 힘들어하는 부모와 자녀들이 전화를 걸어오면 응대할 수 있는 전화 상담 봉사 자격이 주어진다고 했다. 내 틀 안에 갇혀 넓게 이해하지 못하는 부분이 상당히 많았던 나에게는 이번 기회가 이런저런 다양한 성향의 아이들을 이해하고, 청소년들의 특징도 배우게 되고, 그러면서 내 아이를 이해하는 계기가 되겠다 싶어 강좌를 이수하고 전화 상담 봉사를 시작했다.

힘들어하는 아이들의 전화를 받고, 그런 아이들의 부모와 통화하면서 지금 건강하게 학교에 잘 다니는 것이 당연한 것이 아니라 감사한 거라는 깨달음이 절로 들었다.

각기 다른 고민도 많고, 힘겨워하는 양상도 서로 달라 저마다의 사유로 이탈하는 청소년들의 전화를 받는 일도 종종 있었다.

상담이란 것이 전화를 거는 사람의 이야기만 들어 주면 된다지만, 그들의 입장에 서서 편견 없이 들어 준다는 것은 쉬운 일이 아니었다. 나 자신의 성장도 아직 덜 되었고, 편견 덩어리, 틀에 박혀 있었던 내가 전화 상담을 한다는 것은 어려운 일이었다. 상담하면서도 내 가치관이나 내 틀에서 상담해 주다 보니 아니다 싶은 생각이나 전화를 끊고 미안한 마음이 더 많이 들었다. 좀 더 나를 제대로 알고 싶고, 내가 성장하고 싶고, 나만의 틀을 벗어나 다양한 이들을 이해하고 싶은 마음이 생겼다. 마침 전화 상담 봉사를 하시는 많은 분이 상담 공부를 병행하고 있으셨다. 나는 그분들의 정보를 바탕으로 열린사이버대학교 상담심리학과에 편입하게 되었다.

대학교에서 수업을 들으면서 나 자신을 많이 이해하게 되었다. 누구에게나 조금씩은 있다지만, 내게도 강박증세가 있음을 알아차렸고, 내가 어떠한 상황을 만났을 때 바로 자동으로 합리적이지 못한 나만의 신념과 생각에만 매몰되어 상황을 확대해석하고 힘들어하는 경향이 있음을 알아차렸다.

대부분의 사람은 친구에게 문자를 보냈는데 답장이 없으면 친구가 분명 바쁘거나 혹은 일이 있겠거니 등으로 생각할 수 있다.

한데 '나한테 뭐 서운한 거 있나?', '삐진 게 있나?' 등 좋지 않은 쪽으로 바로 해석하고 안달복달하며 답변을 기다리고 있는 나 자신의 모습을 알아차렸다.

모든 이들에게 사랑받아야 하고, 인정받아야 하고, 모든 면에서 유능해야 하고, 성공해야 하고, 나쁜 사람들은 벌을 받아야 하고, 일이 내가 바라는 대로 되지 않으면 이건 망하는 것이라는 비합리적인 신념들. 이런 것들이 내 안에 참 많이 있다는 것을 깨닫게 되는 시간이었다.

내 안에서 그러한 모습들이 온전히 없어지지 않았지만, 그래도 이런 마음들이 있다는 것을 알아차린 것만 해도 참 마음이 편안해졌다. 그리고 그런 마음이 들 때마다 '해야 한다.'에서 '하고 싶다.'라고 마음을 바꾸기만 해도 생각이 많이 유연해지는 것을 느꼈다.

사랑받고 싶다. 인정받고 싶다. 유능해지고 싶다. 성공하고 싶다. 그렇게 어미만 바꾸어 생각해도 강박증세가 덜해짐을 느꼈다.

이렇게 차츰차츰 내 안의 불편했던 모습들을 하나둘씩 알아가면서, 또 그러한 모습들이 어디서 기인했는지를 살펴 어렸을 적 가정환경이나 아빠, 엄마의 모습 속에서 내 모습을 되짚어보면서 서서히 이를 이해하게 되었다. 이해하게 되니 자연스레 그런 불편함이 걷어지면서 내 마음이 많이 편안해지는 것을 느꼈다. 그렇게 되니 아이들에게도 이전보다 강압적으로 '오늘 꼭 해야 한다.'에서 '오늘 못 하면 내일 해도 괜찮다.'는 식으로 마음이 바뀌기 시작했다.

『담론』의 저자 신영복 작가는 "공부를 하는 이유는 갇혀 있던 완고한 인식들을 깨뜨리기 위한 것이다."라고 했다.

심리학 공부를 하면서 내 안의 갇혀 있는 틀을 하나둘씩 벗겨냄으로써 세상을 바라보는 시선이 이전보다 자유로워지고 편안해진 것을 느낀다.

그러면서 내 아이를 바라보는 시선이 편안해지고 관계도 점차 편안해지니 그토록 힘들었던 육아가 조금은 수월해지기 시작했다.

3. 새벽 4시의 글쓰기

나는 초등학교 때 독후감 숙제를 받으면 무조건 옆집 미자 언니네로 향했다. 그 언니에게 부탁하면 그럴싸한 독후감이 뚝딱이었다.

내가 어렸을 적부터 교육열이 높았던 엄마는 우리 집에 내 읽기 수준에 맞지 않는 전집들을 들여 주시고는 읽으라고 하셨다. 수준에 맞지 않는 책을 억지로 읽은 탓인지 혹은 나의 타고난 학습 성향 탓인지는 몰라도 난 책을 유난히 싫어했고 엄마가 읽으라고 하니 억지로 글만 읽었다.

하지만 초등학교에 입학하고 보내 주신 주산 학원은 너무나 재미있었다. 나중엔 선수(先手) 반까지 들어가서 만 단위까지도 암산이 가능할 정도의 수준에 이르렀다. 수학 쪽으로는 재능이 있다 보니 주산 학원에서 나의 재능은 한껏 발휘되었다.

그렇게 초·중·고등학교 시절 내내 국어는 힘들어하고 수학 분야에선 두드러진 모습을 보이며 성장하다 보니 글쓰기엔 전혀 재주가 없는 줄 알고 누가 글쓰기를 하라고 하면 못한다며 손사래를 치곤 했었다. 어렸을 때는 일기도 겨우겨우 썼으니 말이다.

아이를 갖고 나서는 아이에 대한 욕심이 한껏 생겨 태교 때부터 모든 부분에 신경을 쓰기 시작했다.

남들이 좋다고 하는 건 다 하고 싶었다. 그중의 하나가 태교 일기였다. 매일매일 나의 컨디션부터 아이와 함께한 것, 나의 일상에 관한 것들을 프리챌(Freechal)이란 공간에 기록했다.

아이가 태어나서도 아이와의 소소한 일상부터 여행 다녀온 것, 내가 힘들었던 것이나 수많은 것들을 낱낱이 그 공간에 적었다. 대부분 내가 적는 시간은 새벽 시간이었다.

그 시간에 해야 한다고 정했던 건 아니지만, 그 시간은 어떠한 기록도 가장 잘 되는 시간이었다.

어렸을 때부터 우리 집은 일찍 자고 일찍 일어나는 가정환경이었다. 9시쯤 되면 잠이 드니 학창 시절에는 공부도 밤엔 거의 못하고 새벽에 일어나서 공부하는 상황이 되었다. 그만큼 나는 어렸을 때부터 새벽형 인간이었다. 그렇게 되기까지는 아빠의 영향이 컸다. 아빠는 지금까지도 새벽 4시가 되면 운동을 하러 나가신 지 어느덧 30년이 되어간다. 그 덕에 지금까지도 나 역시 새벽 4시에 일어나는 습관이 잡혔다.

밤에 어수선하고, 복잡하고, 해결되지 않았던 고민들도 새벽 시간에 내 마음을 주저리주저리 적다 보면 단순하게 정리가 되면서 해결점이 보인다.

강사 김미경은 자신이 피아노 학원의 원장으로 있었을 때 새벽 4시에 일어나서 회원들의 관리 리스트를 보면 어떤 아이가 그만둘지가 보인다고 했다. 그런데 그게 정말 맞았다고 한다.

새벽 4시란 시간은 귀신같은 신들이 돌아다니는 시간이라 복잡한 문제가 있으면 그 시간에 일어나서 생각하면 해결점이 보인다고 했는데, 이는 나에게도 적용되는 이야기였다.

물론 아이가 어렸을 때는 밤낮이 바뀌면서 새벽에 일어나는 것이 쉽지 않을 때도 많았다.

그래도 아이가 어느 정도 크고 시댁에 합가하면서 다시 나의 새벽 시간은 황금 시간이 되었다.

아무도 깨어있지 않은 혼자만의 시간, 그 시간은 나에게는 너무나 소중하고 가장 행복한 시간이었다.

눈을 뜨면 차 한 잔과 함께 컴퓨터를 켜고 나만의 비밀 일기장에 생각나는 대로 나의 마음을 적어 본다. 주저리주저리 적다 보면 분명 잠들 때 복잡했던 나의 마음을 적게 된다.

그러면 자연스레 스르르 속상했던 내 마음이 풀리고 단순하게 정리되어 상황이 이해되었다.

특히나 첫째 아이를 키우면서는 비밀 일기장에 생각대로 되지 않아 부글대는 내 마음을 적거나 소소하게 여러 인간관계에서 부딪히는 내 마음을 적곤 했다. 마음에 안 드는 사람의 욕도 실컷 했다.

그러다 보면 자연스레 긍정의 감정이 생기며 감사 일기로 마무리할 수 있었다.

그렇게 내 마음을 정화한 후에는 블로그에 정리된 내 마음을 적기도 하고, 소소한 일상들을 SNS(Social Network Services)에 적어 친구들과 소통하기도 했다.

한편으로 소소한 나의 일상에서 별일도 아닌 것이 실은 별일이라는 것을 깨닫게 해준 것이 있다. 바로 블로그(Blog) 활동이다. 비록 네이버(Naver) 블로그 활동한 지는 얼마 되지 않았지만, 나는 아이 태교 때부터 프리챌에서부터 싸이월드(Cyworld), 카카오스토리(KakaoStory)까지 15년째 글쓰기를 하고 있다.

특히나 프리챌은 10년이란 시간 동안 아이와 함께 보냈던 수많은 것들이 낱낱이 기록되어 있는 공간이다. 그런데 그것들이 어느 날 한순간 모두

날아가 버렸을 때 그 허탈감은 이루 말할 수 없었다. 사진으로 현상해두긴 했어도, 글, 사진과 함께 정리되어 있던 그 공간은 너무나 큰 추억의 장이었다. 나중에 아이들이 크면 선물로 주고 싶었다.

그래도 비록 보이는 건 없어졌어도, 내 마음 안은 많은 것들로 채워졌다.

『내가 글을 쓰는 이유』의 저자 이은대는 글쓰기를 하다 보면 마음이 편안해져서 삶의 여유를 갖게 해 주고 조급증이 사라져서 나 자신을 제대로 돌아보게 된다고 한다. 또한, 그러다 보면 스스로 위로를 해 주기도 하고 잘하고 있다고 칭찬도 해 주게 된다고 했다.

그리고 그렇게 하다 보면 매일 아령을 들면 팔의 근육이 단단해지듯, 정신에도 힘과 근육이 붙어 단단해진다고 표현했다.

『내가 글을 쓰는 이유』를 통해서 만난 이은대 작가의 생각은 정말 나와 똑같은 마음이었다.

비밀 일기장에 내 마음을 시시콜콜 적어 내 마음을 정화한 후에는 블로그에 영화나 공연을 감상한 것이나 책을 읽고, 교육을 듣고, 사람을 만나고 하는 것 등에 대한 소소한 내 일상의 감정, 생각들을 글로 정리했다. 그러다 보니 별일 아닌 것이 별일로 여겨지게 되고, 수많은 것들을 그냥 지나치지 않고 의미 있게 바라보는 시선이 생겨난 것은 물론이거니와 내 정신도 단단해지고 이전보다 많이 흔들림이 덜하고, 감정이 크게 요동치지 않음을 느낀다. 조급증과 불안이 덜해지고 이전의 내 모습보다 아주 착해지기도 했다. 새벽에 일어나서 내 감정을 풀어내고 알아차리는 과정만으로도 충분히 내 마음은 정화되고 치유되어가면서 부정적인 감정이 긍정적인 감정으로 변화했다. 그러면서 매일 아침은 당연히 기분 좋게 시작하게 되었다.

그리고 누군가의 위로나 인정, 칭찬도 좋지만, 나 자신을 먼저 위로하고 인정하고 칭찬하니 마음의 힘이 정말 많이 자라난 것을 느꼈다.

그렇게 국어에, 글쓰기에 전혀 재주가 없었고, 독후감 숙제도 누군가에게 매번 부탁했던 내가 매일 뭐라도 끄적거렸던 새벽 4시의 글쓰기 습관을 통해 지금 이렇게 글을 쓰고 책을 낼 용기가 생겼다.

마음의 힘이 부족했던 그때는 모임만 하고 오면 내가 마음에 들지 않았던 그 사람과 그 사람이 했던 말 그리고 내가 했던 말에 신경 쓰면서 주저리주저리 이를 글로 적곤 했었다.

그렇게 감정을 쏟아내면 내 마음도 풀리거니와 풀고 보니 그토록 마음에 들지 않았던 사람도 '그럴만한 이유가 있었겠네.' 하며 이해하게 되었다. 그러면서 자연스레 마음이 편안해지면서 서서히 마음의 힘이 생기기도 했다.

말만 수다가 아니다. 글도 수다다.

결혼하기 전엔 오늘 있었던 일을 친구와 통화하며 낱낱이 이야기하는 등 전화 또는 만남으로 수다를 떨었다. 하지만 이젠 결혼하고 각각이 가정이 생기고 해야 할 역할들이 많다 보니 결혼 전처럼 아무 때나 넋 놓고 통화하기가 쉽지가 않았다. 어느 순간 그렇다는 것을 알아차렸다.

감정이 올라왔을 때 내 감정을 거르지 않고 별별 얘기를 다 하고 나면 후회할 때가 더 많았다.

내 감정을 글로 정리하고 내가 스스로 먼저 나를 위로한 후 친구들의 생각, 조언 해결안을 듣고 싶을 때 통화를 하거나 블로그에 다시 정리된 마음을 글로 올리기도 했다.

그 방법을 통해 각각 다른 경험과 지혜를 가진 친구들, 이웃들의 생각을 듣는 건 큰 도움이 되었다.

시댁으로 고민했던 친구들.

남편으로 고민했던 친구들.

아이로 고민했던 친구들.

다양한 모든 것 등.

새벽 4시의 글쓰기는 나의 가장 친한 친구가 되었다.

내가 원하면 언제든 그 자리에 있고,

나의 마음을 가장 먼저 물어봐 주고 알아주고 헤아려 주는 친구이다.

그 친구가 있어서 분명 평생 외롭지 않고 든든하다.

4. 진실한 소통 모임이자 독서 모임 '담소'

첫째 아이가 3학년 때, 한 아이의 엄마가 독서 모임을 하자고 했다. 같은 반인 아이를 둔 엄마 여섯 명이 시작한 독서 모임 '담소'. 우린 그렇게 한 달에 두 번씩 만나 책에 관한 이야기를 나누었다. 또래의 아이를 키운다는 공통분모가 있었기에 서로의 고민과 힘겨움이 내 이야기 같고 많은 공감이 되었다.

서로의 이야기를 잘 들어 주고, 각각 힘든 시간을 보낸 것에 대해 위로해 주고, 그럼에도 불구하고 잘해왔음을 인정해 주고, 앞으로 잘해나갈 수 있을 거라고 힘을 주는 그러한 시간들. 거기에 책이란 소통 도구가 더해져 책 이야기로부터 시작되어 나 자신의 이야기는 무궁무진하게 나오게 되었다.

나는 책을 읽을 때 연필을 들고 내 마음에 와닿는 문장이 있으면 밑줄을 그으면서 읽는다.

그리고 그 문장들을 글로 다시 정리해 보면서 왜 밑줄을 그었는지, 왜 내 마음에 와닿았는지, 그 마음을 적는 것을 좋아한다. 그런데 어느 순간 그 마음을 누군가와 나누고 싶다는 생각을 했다. 그러한 바람이 담소 모임을 통해 해소되었다. 한 권의 같은 책을 읽고 서로 다른 밑줄을 그은 이야기들을 하면서 한 권의 책을 곱씹게 되었다. 같은 곳에 밑줄이 그어져 있으면 서로 통하는 그 마음은 좀 더 특별했다. 다른 밑줄 그은 부분을 들을 때는 놓친 부분을 다시 듣는 것 같아 너무나 새롭고 좋았다. 그리고 같은 밑줄을 그은 부분이어도 이에 대해 서로 다른 생각을 듣기도 하는 것, 그러한 독서 모임의 매력에 푹 빠져 살았다.

내가 이야기하는 깊이만큼 상대방도 그만큼 이야기하게 된다. 책을 읽으면 내 상처와 그동안 겪었던 실패, 좌절, 내 안의 이야기와 공감될 때가 있다. 그러면 나의 경험담이나 나의 상처를 이야기하게 되고, 상대방도 자신의 이야기를 그만큼 내놓는다. 그런 후에는 그날은 상담사만 없을 뿐 치유와 힐링의 날이 된다. '담소' 모임 이후로 나는 더 관계에 있어서 솔직한 내가 되었다.

내 이야기를 실컷 하고 나면 무언가 묵직한 짐이 덜어지는 기분이 들면서 훨씬 가벼워지는 것을 느낀다. 이전에 부끄럽게 생각했던 내 모습도 그다지 부끄럽지 않게 되어버린다. 그리고 나만 이러한 짐이 있는 것이 아니라 양상이 다를 뿐 누구에게나 그러한 짐이 있다는 것을 알게 되었다. 솔직하게 내 이야기를 꺼내니 상대방도 자신의 이야기를 그만큼 꺼내놓는 그 과정을 통해서 알게 되었다.

나는 이런 말을 자주 듣는다. "영인이 앞에만 가면 왜 무슨 이야기든 나오게 되지?"

처음엔 '내가 상담사 기질이 있나?' 등 나만의 착각도 했는데 바로 알아차렸다. 솔직한 관계법 때문이었다. 그 이야기를 듣고 바로 답했다. "나도 너에게 무슨 이야기든 하잖아."

친구는 "바로 그거야."라고 하면서 고개를 끄덕였다.

물론 누구에게나 내 마음속 깊은 곳에 있는 이야기를 꺼내는 건 아니다. 무슨 말을 해도 확대해석하지 않고, 무슨 말을 해도 그럴만한 이유가 있을 거라 이해해 주는 믿음이 생기는 이들에게 더 깊은 이야기를 꺼내놓게 된다. 그런데도 나는 일반적인 사람들에 비하면 내 이야기를 많이 꺼내는 편이다. 그런 요소들이 관계에서 있어서 가장 중요하고, 그래도 된다는 것을 담소 모임을 통해 배우게 되었다. 담소 모임에서 우리는 그렇게 솔직하게 자신을 내려놓고 자신의 이야기를 꺼내놓으면서 서로의 이야기를 통해 배우고 깨달으며 성장하게 되었다.

독서 모임 시작했던 첫째 아이가 3학년일 때는 아이 때문에 많이 힘들었다. 사실 친구 엄마들을 만나면 자랑까지는 아니어도 내 아이에 대한 이야기를 어느 선까지만 이야기하고 깊이 말하지 않게 된다. 아직 내 아이의 모습이 지금의 모습이 다가 아니고, 혹여 안 좋은 이야기라도 하게 되면 내 얼굴에 침 뱉는 식이기에 서로 조심하게 된다. 그런데 독서 모임에 가서는 책이란 도구가 있고 내 이야기가 자연스레 나오게 되었다. 그럴 때면 지금 나에게 가장 힘든 건 아이의 힘듦이라 당연히 그 이야기가 나올 수밖에 없었다. 여기서까지 괜찮은 척하고 싶지 않았다. 그런데 나만 그렇게 힘들고 고민이 많은 줄 알았더니 그렇지 않았다. 모임에 함께한 엄마의 아이들은 학교에서 생활 잘하는 모범적인 성향의 아이들이고 학급에서 회장을 도맡아 하며 시험만 봤다 하면 늘 100점을 받는 그런 아이들의 엄마들이라 고민이 별로 없을 줄 알았다. 그런데 각기 다른 양상의 고민을 들으면서 참 많이 위로가 되었다. 그리고 나의 좁은 시선이 깨지기도 했고 내 생각 안에 잘못된 생각이 참 많았음을 깨닫게 되었다.

그리고 중현이 이야기를 꺼냈을 때 다른 각도로 바라봐 주는 그들의 이야기가 너무나 고마웠다. 사실 내 아이라 더 예민하고 좋지 않게 바라보게 되었던 시선이었지만, 아이들이 학교에서 중현이를 바라보는 또 다른 시선에 대한 이야기를 들으면서 내 마음에 큰 위로가 되었다.

"중현이가 무슨 말을 했다 하면 그 말이 유행어가 된대. 학교에서 중현이 무지 웃긴대. 어느 날은 학교에 와서 내가 사귄 여자애들 명수가 걸그룹 수만큼 사귀었다며 우스갯소리도 잘한대."

집에서 보이던 모습과는 또 다른 아이의 모습이 학교에서 보이게 되었다. 예전에는 아이가 부족하고 잘못했던 부분에만 더 시선을 두고 그것에만 신경을 썼다. 분명 중현이에게도 잘하는 부분이 있는데, 그렇게 놓쳤던 부분에 관해 이야기를 듣는 것이 많이 위로가 되었다. 아이의 친구들과 그 엄마들은 부족한 부분을 이야기하지 않고 잘하는 부분도 알아봐 주고 이야기한다는 것을 깨닫게 되었다.

특히 독서 모임을 통해 만난 윤정이는 나의 가장 친한 친구가 되었다. 어렸을 때부터 만난 친구들 이상으로 나의 속마음 깊은 곳의 이야기, 별별 이야기도 다 꺼내놓을 수 있는 친구가 되었다.

윤정이는 내가 중현이 때문에 가장 힘들었던 그때, 중현이를 다른 각도에서 긍정적으로 보고 가장 많이 이야기해 주었고, 앞으로 사회는 모범적인 성향의 아이들보다 중현이처럼 자유분방한 호기심 많은 아이가 두각을 나타낼 거라고 하면서 중현이가 가진 모습을 장점으로 바라봐 주었다. 그러다 보니 아이를 바라보는 내 마음도 조금씩 바뀌기 시작했다. 엄마라 걱정되고 불안해했던 마음이 윤정이를 통해 서서히 바뀌는 것을 느꼈다.

또 다른 언니는 이렇게 이야기했다.

"너를 큰아이 때 만났으면 내가 좀 더 빨리 육아가 편안해졌을 텐데. 너를 늦게 만나 아쉬워."

그녀의 첫째 아이는 학교에서 바라는 모범적인 성향도 아니고, 공부도 썩 잘하는 아이가 아니다. 둘째 아이는 첫째와 반대로 모범적인 성향에 공부도 잘하는 아이다. 그래서 첫째 아이 모임에 나가면 존재감 없이 조용히 있다 온다고 한다. 누가 뭐라는 것도 아닌데 괜스레 위축되고, 간혹 누가 뭐란 적도 있어서 첫째 아이 모임에 가서는 자연스럽게 소극적인 자세가 된다. 반면 둘째 아이 모임에 가서는 괜스레 적극적으로 되고 신이 난다고 한다. 나와 비슷한 성향을 가진 엄마였다. 아이가 잘하면 엄마도 잘하는 마냥 자신감이 넘치고, 아이가 잘못 하면 엄마도 잘못하는 마냥 위축되는 그런 모습의 엄마였다. 나 또한 사실 그 언니의 마음과 비슷했다. 한데 언니는 솔직한 이야기, 내 아이 이야기를 스스럼없이 말하는 나의 모습, 또 모임마다 적극적인 내 모습이 당당해 보이고 그러한 모습이 너무나 멋지다는 생각에 힘과 용기를 얻었다고 한다.

언니에게도 고백했다. 나도 사실 그렇게 마음은 겉에서 행동하는 만큼 당당하지 않았다고 말이다. 성향이 워낙 적극적이고 솔직해서 그렇게 보였을 거라고 이야기했다.

사실 그 언니나 나나 아이를 바라보는 기준이 잘못되었음을 뒤늦게야 깨달았다.

꼭 공부 잘하고, 학급의 임원을 도맡고, 선생님 말씀을 잘 듣는 아이들의 엄마만 아이들을 자랑거리로 삼으란 기준은 없다. 그렇지 않은 아이의 엄마들이 위축될 이유는 없다.

그렇게 우린 책을 읽으며 나누며 서로 위로해 주고, 응원해 주고, 지지해 주면서 성장했다.

그렇게 독서 모임을 4년 정도 하고 지금은 휴식 중이다. 그런데도 지금도 각각의 구성원과 여전히 소통하는 관계다. 4년 동안 책 모임뿐만 아니라 문화생활도 함께하면서 가치관이나 좋아하는 성향이 아주 비슷해졌다.

좋은 영화나 좋은 공연이라도 있으면 함께 나눌 수 있는 교양과 소신이 있는 애란 언니, 좋은 글로 아침을 시작하고 일을 하면서도 오전에 시간을 빼서 함께했던 열정과 배려심이 가득한 소현 언니, 그리고 소소한 일상을 그냥 놓치지 않고 모두 담을 줄 아는 따스한 마음을 가진 인영 언니, 타인을 생각하는 마음이 크고 늘 봉사가 삶인 진정으로 착한 윤정이, 야무지고 세심하게 아이를 잘 키워내는 똑순이 경혜. 모두 지금도 여전히 꼭 책이란 소통 도구가 없어도 무슨 이야기든 깊이 소통하는 관계가 되었다.

짧은 만남이지만 그렇게 된 것은 책이란 도구로 진솔하게 소통해 온 4년이란 시간이 있었기에 가능했다.

나는 『책은 다시 도끼다』를 읽으며 박웅현 작가의 말에 깊이 공감했다.

그는 책을 읽다 보면 너무도 좋고 시선이 아름다워서 누군가 옆에 있다면 함께 나누고 싶을 정도의 문장을 발견할 때가 있다고 했다. 그런데 그런 문장을 고이 간직했다가 어느 모임에 가서 이야기하면 오히려 이야기의 흐름을 끊고 웃음을 거둬내는 기능을 할 때가 있었다고 한다.

처음엔 나도 가슴에 와 닿는 문장이나 고운 시선을 만나면 그 이야기를 누구에게든 혹은 모임에 나가면 하게 되었다.

역시나 박웅현 작가와 같은 실망스러운 경험을 하게 되었다.

지금은 정기적인 모임은 하고 있지 않지만 좋은 책을 읽고 좋은 문장을 만나면 언제든지 나눌 수 있는 모임인 담소 모임. 그 인연들은 책의 문장, 그 책의 내용을 간직하고 있다가 얼굴 볼 때가 되면 봇물 터지듯 이야기해도 흥미진진하게 서로 들어 주는 나에게 정말 소중하고 귀한 인연들이다. 그들 덕에 그때 그 시절, 너무나 힘들었던 그 시절의 내 마음 안의 상처도 많이 치유되고 많이 건강해질 수 있었다.

5. 소통이 시작된 신랑

어머님과 함께 살면서 신랑과 시시콜콜 대화하는 것이 아무 때나 가능하지 않았다. 어머님이 거실에 계시기도 하고, 남편이 퇴근하고 돌아올 때쯤이면 나는 아이들을 챙겨 주고 재워 줘야 할 때가 많았다. 당연히 대화라고는 "밥 먹었어? 먼저 자." 그런 몇 마디 이야기만 주고받기 일쑤였다. 낮에 있었던 일에 관해 이런저런 이야기를 주고받는 것조차 힘들었다. 그래서 중현이가 초등학교 입학할 때쯤에 신랑에게 제안했다.

"우리도 정기적인 둘만의 시간을 보내자." 토요일 이른 아침에 일어나자마자 아침 식사하기 전에 동네 근처 수변로를 함께 걷기 시작했다. 함께 걸으면서 한 주 동안 있었던 이야기를 서로 미주알고주알 건네기도 하고, 신랑에게 서운했던 것들, 내 안에 쌓였던 여러 관계에서 오는 힘듦, 아이들에 관한 이야기까지 두서없이 수많은 이야기를 꺼내 놓게 되었다. 말하기보다 들어 주는 것을 잘하는 신랑은 말을 끊지 않고 참 잘 들어 주었다. 언젠가 신랑한테 이런 이야기를 해 주었다. 아내와 이야기할 때 "응.", "그래.", "헐.", "대박?" 등 그런 말만 잘해도 아내는 충분히 마음이 풀린다는 이야기를 해 주니 그 뒤론 가만히 듣고만 있었던 남편이 더 그런 말을 해 가며 내 말을 잘 들어 주었다. 그러하니 난 뻔히 알면서도 더 신이 나서 이야기하게 되고, 그렇게 이야기하고 나면 마음이 깨끗하게 정화되었다. 속 상하고 화난 마음이 다 풀렸다.

그런 다음 신랑도 자신이 하고 싶었던 이야기도 하게 되고, 내 말에 대해 해 주고 싶었던 조언이나 해결책 등을 이야기해 주니 이미 내 마음은 풀린 상태이기 때문에 잘 듣게 되었다.

작은 귀금속의 무게를 재는 금은방 저울이 있고, 큰 쌀가마니를 올려놓아야 저울이 움직이는 방앗간 저울이 있다. 우리는 연애할 때부터 신랑은 '방앗간 저울'이고 나는 '금은방 저울'이라고 서로 별명을 붙여 줬다. 웬만한 일에는 화를 전혀 내지 않고 화가 이런 상황에 왜 나야 하는지조차 이해도 잘 못하는 신랑이었다.

어렸을 때부터 외모 콤플렉스, 학교 콤플렉스로 열등감이 가득했던 나였는데, 신랑의 무딘 반응에는 그가 관심이 없어서 그런가 오해하기도 했다. 한데 점차 알게 되었다. 나를 있는 그대로 인정해 주고 수용해 주는 신랑이었다.

지금껏 살면서 사람을 겉모습으로 판단한 적 없고, 외출할 때 외출복을 입고 어떠냐고 물어보는 내 질문에 "예쁘다.", "괜찮다.", "교양미 있어 보인다." 라고 칭찬해 주고, 내가 뭘 하든 잘하고 있다고 칭찬해 주는 신랑이었다.

어느 날 신랑이 「티타임즈」에서 읽은 이야기를 해 주었다. 현모양처의 점수를 100점 만점이라고 쳤을 때 '현모'와 '양처'가 50:50으로 균형 있게 구분된다면 좋겠지만 실상 우리는 그렇게 균형 있게 살지 못한다는 것이다. 신사임당조차도 현모로서는 역사 기록에 남아있지만, 양처로서는 기록에 남아 있지 않다. 어떠한 이유나 상황에 상관없이 우린 누구나 엄마든, 아내든 역할에 좀 더 비중을 두고 잘 해내는 역할이 있기 마련이다. 얼마 전에 첫째 아이 때문에 난 엄마로서 참 부족하다고 자책하고 있을 때의 일이다. 신랑이 이런 말을 건넨다. "아내로서 지금의 모습은 최고이니 엄마로서는 지금은 그만큼만 해도 충분한 거야."라고. 분명 내가 아이를 대하는 모습을 곁에서 보았기에 뭐라고 한소리 할 줄 알았는데 그러기는커녕 지금으로 충분하다고 표현해 주는 신랑의 모습에 가라앉았던 나의 마음은 다시 올라왔다. 그리고 스스로 어떻게 아이와 보내야 하는지 이성적인 답이 보이기 시작했다. 있는 그대로 사랑받고 공감 받으니 금세 마음의 힘이 생긴다는 것을 알게 되었다.

신랑은 중학교 때 심장마비로 아버지가 돌아가셔서 어머니와 외할머니의 손에 컸다.

비록 아버지가 일찍 돌아가셔서 고생을 참 많이 했다. 하지만 성격이 형성되는 어렸을 적에는 아버지가 살아계셨고, 거의 웬만한 일에는 화를 내지 않으시는 어머니와 아버님은 부부간의 금실이 좋으셔서 편안한 환경에서 자라온 탓인지, 삼 남매와 신랑의 성격은 참 좋았다. 화가 마음속에 쌓이지 않았던 것이다.

이처럼 사람에 대한 편견도 없고 누구나 있는 그대로 인정하는 그런 신랑이었다. 그러한 신랑 덕에 열등감과 욕심이 그득했던 내 마음은 점차 그런 것들을 비우게 되고, 지금의 내 모습을 있는 그대로 서서히 받아들이며 편안해지기 시작했다.

신랑은 퇴근하고 아이들이 원할 때마다 옷을 갈아입지도 않은 채 아이의 요구를 들어준다.

그런 모습이 안쓰러운 나머지 "꼭 그렇게 하지 않아도 돼. 피곤하면 못한다고 아이들한테 얘기해."라고 내가 말했더니 신랑이 대답했다.

이렇게 요구하는 날도 얼마 안 남았을 테니 이 시간만큼이라도 아이의 바람대로 놀아 주고 싶다는 것이다. 정말 아이들이 고학년이 되니 거의 놀아달라고 하지 않았다.

내가 주말 나들이 계획을 잡아놓으면 쉬고 싶을 텐데도 뭐라고 토 달지 않고 묵묵히 따라와 주고 아이들과도 너무나 잘 놀아 주는 신랑이다.

그러니 딸인 수연이는 아빠를 최고로 좋아한다. 그리고 사춘기인 아들도 아빠랑 목욕탕에 가든, 자전거를 타든, 농구 게임을 하든 간에 아빠와 보내는 것을 어색해하지 않고 함께하고 있다.

사실 이런 부분들이 내가 제일 못 하는 부분이다. 아이를 집에서 보살피고 있을 때도 난 늘 계획이 있었다. 그 계획대로 움직이는 것을 편안해하는 나였기에 계획대로 움직이지 못하거나 이변의 일이 벌어지면 화가 먼저 나는 성격이었다. 아이들 키우면서 이변이 좀 많이 일어나는가?

예전의 나는 아이가 아파서 응급실에 가서도 아이의 아픔에 안쓰러워하기보다 밤새 응급실에 있어 내일의 스케줄에 차질이 온다는 것에 화가 나는 그런 성향의 엄마였다.

그러하니 아이들은 자연스레 나보다 아빠를 더 편안해했다. 그리고 그런 점을 나 자신도 많이 자책하고 힘들어했다.

'나는 엄마인데. 그리고 엄마한테 사랑 못 받고 자란 것도 아닌데. 난 왜 그러한 부분이 신랑처럼 잘되지 않을까?'란 생각을 참 많이 했다.

이후에는 다른 성향임을 인정하기 시작했다. 대신에 내가 잘하는 부분도 분명 있으니 말이다.

그리고 내가 부족하다고 생각되는 부분을 신랑이 채워 주고 있으니 감사하게 여기고, 한편으로는 내 성향대로 내가 잘하는 부분도 분명 있으니 내가 할 수 있는 범위에서 아이들을 보살피고 챙기기로 생각했다. 그렇게 하니 마음이 편안해졌다.

요즘 남편으로서, 아빠로서 많은 사람의 존경을 받는 가수 션과, 이효리의 남편 이상순이 부럽지 않을 만큼, 신랑은 나에게 고맙고 벅찬 남편이다.

처음엔 아버지가 안 계신다는 이유로 친정의 반대도 사실 있었다.

그래도 연애 때부터 20년이 지난 지금까지도 한결같은 신랑의 모습에 부모님뿐만 아니라 형제, 이모, 삼촌 내 친구들까지도 신랑을 좋아한다.

"영인아. 너도 좋지만 난 형무가 좀 더 좋다."라는 이야기를 들을 때면 기분이 나쁘기는커녕 남편 복이 있는 나 자신이 자랑스럽기까지 하다.

신랑한테 어느 날 이런 이야기를 했다.

"당신과 내가 잘 지내는 건 아마 중현이 덕인 것 같아."

아이들한테 집중하고 부모의 바람대로 잘 커 주는 집안을 가만히 들여다보면 아이들이 부모의 1순위인 집이 많다. 먹거리부터 시작해서 공부하는 시간대를 지켜가며 신랑의 숨소리까지 줄이고 TV도 시청하지 말라고 잔소리하는 아내들을 간혹 보았다. 나 또한 자식에게 공부 욕심이 많았던 엄마였기에 아이의 시험 기간일 때 신랑이 퇴근을 일찍 하면 미리 밥을 먹고 왔으면 하는 바람을 이야기했다. 또 아이들이 우선이다 보니 부부 둘만의 시간은 나중으로 많이 미루기도 했다.

아이로 인해 힘들었던 이야기는 내 마음속 밑바닥의 깊은 이야기라 아무리 친한 친구라도 이야기하기가 쉽지가 않았다. 그러한 이야기는 아빠인 신랑한테만 가능한 이야기였다. 신랑과 함께한 시간이 있기 전까지는 육아의 부담은 100% 내가 책임져야 한다고 생각했다면, 지금은 사소한 일도 시시콜콜 이야기하고 나누다 보니 50%의 부담감으로 절감되었다. 그러면서 우리의 관계는 점점 좁혀졌다.

그런 말도 있다.

"아이가 사춘기를 심하게 겪는 집안의 부부 관계는 좋다. 그 아이에게 공공의 적이 되어야 하니 말이다."

우리 부부는 오늘도 걷는다. 이젠 첫째 아이가 중학교에 들어가고 둘째 아이는 5학년이 되었다. 그 덕에 부부만의 시간이 아주 많아졌다.

주말에도 우리 둘만의 시간이 많아지면서 평일 저녁과 주말에 산책을 충분히 할 수 있다.

『내 안에 꿈 있지』 이경연 작가는 말한다.

　"나이가 들어갈수록 좋아하는 일을 평생 함께할 수 있는 친구 같은 남편의 존재가 그렇게 감사할 수 없다. 우리는 참 감사하게도 함께 할 수 있는 일들을 많이 가진 부부다."

- 이경연, 『내 안에 꿈 있지』 中

함께 죽기 전까지 우리나라에 있는 산들은 모두 가 보자고 했다.

성지순례 길도 걸어 보자고 했다.

제주도 올레길도 모두 걸어 보자고 했다.

물이 보이는 땅을 밟는, 그런 잔잔한 트레킹 코스를 가장 좋아하는 우리 부부이다.

더욱이 부부가 함께 클래식 기타를 공연하는 이경연 작가 덕분에 나에게는 또 하나의 꿈이 생겼다.

함께 같은 악기를 배워서 공연도 하고 함께 동아리에 들어가는 것이다.

노후에 그런 동아리 활동은 각각 하려고 했는데 하나 정도는 함께 해도 괜찮겠다는 생각을 해보게 되었다.

신랑의 성품은 원래부터 참 바르고 좋았지만, 그런데도 점점 더 괜찮아지고 나에겐 상담사 역할을 해주게 되었을 만큼 내가 신랑을 존경하게 된 이유가 있다.

산책을 함께 시작할 때쯤 신랑이 다시 책을 읽기 시작했다.

이지성의 『리딩으로 리드하라』라는 책이었는데, 그렇게 우연한 책과의 만남으로 신랑은 지금 한창 고전에 빠져 있고 거의 날마다 일정 시간 동안 책을 읽는다.

그러다 보니 더욱더 삶에서 뭐가 중요한지 깨닫고 조급해하지 않고, 불안해하지 않게 되었다. 이제는 걱정 많고, 불안도 많고, 염려증도 많았던 아내의 마음을 달래줄 줄도 알고 편안하게 해 주기도 한다.

그러한 긍정의 마인드로 살아가니 자신이 하는 일터에서도 일이 잘된다.

신랑의 사랑이 나에게도 전이가 되어 그 사랑이 아이들에게 함께 사는 어머님과 주변에 전달이 되지 않았나 싶다.

나이 50이 넘으면 얼굴도 그다지 예쁘지도 않고 뭐 가진 것도 별로 없는데 괜히 예뻐 보이고 빛이 나는 여자들이 있다고 한다.

바로 남편의 사랑을 받은 여자들이라고 하는데. 나도 그렇게 나이 들어가고 싶다.

6. 학습보다 관계 소통

10살 이전의 나의 모습은 어떠한 모습이었을까? 수많은 카드가 바닥에 있다. 나에 해당하는 단어 카드에 올라가 있으란다. 드라마 치료 워크숍에 가서 받았던 수업의 내용이다.

나는 '경직'이란 단어 카드 위에 올라갔다. 계획적이고 완벽했던 아빠의 성향과 내 성향은 참 많이 닮았다. 타고난 기질도 분명 있지만, 그러한 성향을 더 고착화하고 더 단단하게 만든 것은 어렸을 적 자라온 가정환경에서 아빠의 영향을 많이 받기 때문이다.

모든 면에서 완벽해야 했고, 해야만 하는 것이 많았고 해서는 안 되는 것이 많았다. 즉, 나만의 규칙들이 많았다.

결혼하고 아이를 낳고 나서도 그런 내 모습이 싫지 않았고 그렇게 사는 것이 오히려 정답 인생이고 잘 사는 것인 줄 알았다. 완벽하게 준비되어 있지 않으면 용기를 내지 못했다. 그래서 잘 못해도 그냥 선불리 덤벼드는 이들을 보면 가장 부러웠다.

아이를 키우면서부터는 만족스럽던 나의 모습들이 불편하고, 부딪히는 점이 많으며 꽤 장애가 되었다.

내 마음과 내 뜻대로 되지 않은 일들이 많이 벌어지니 화를 낼 일이 많았다.

경직이란 단어 카드 위에 올라가서 언뜻 나의 과거 이야기를 잠깐 했을 뿐인데 교수님은 어느새 용한 점쟁이처럼 나의 모습을 읽으신다. '경직'이 나의 모습과 나의 말에서 느껴진다고 하셨다. 나를 인정해 주는 남편을 만나 많이 유연해진 줄 알았는데 아직도 예전의 경직된 내 모습이 많이 남아 있다는 것을 알게 된 시간이었다.

교수님은 해결책도 말씀해 주셨다. 많이 놀라고 한다. 극단적인 해결책으로 나이트를 매일 가도 될 만큼 신나게 놀라고 하셨다. 그리고 다양한 이들을 많이 만나면서 '다름'에 대해 배우라고 하셨다.

당시의 내 기준으로 사회성이 부족해 보이는 큰아이에게 다양한 친구들을 만나게 해 줄 생각에 아이가 초등학교에 입학하자 한 달에 한 번 나들이 가는 모임을 만들었다. 그때 만난 모임이 8년이 지난 지금도 이어지고 있다. 한 달에 한 번, 엄마와 아이들과 함께 다니는 나들이 모임은 4년 정도만 하고 마치고, 선생님을 붙여 아이들만 박물관 수업을 보내면 엄마들끼리는 근교 나들이로 시작하여 이젠 2년에 한 번씩 해외여행을 가는 모임으로 바뀌었다. 그러면서 여름엔 가족 여행, 겨울엔 부부 송년회를 한다.

그 송년회 또한 이색적이다. 분위기 있는 큰 룸을 빌려 첫해는 모두 레드 드레스를 드레스 코드로 정해 잔잔한 음악과 맛있고 근사하게 차려진 음식으로 송년회를 했다.

두 번째 해는 블랙 드레스 컨셉, 세 번째 해는 7080 라이브 카페를 통으로 빌려 모두 교복을 입고 학창시절의 모습을 재연하여 송년회를 했다. 네 번째 해는 한옥마을에 가서 모두가 한복을 빌려 입고 송년회를 했는데, 그렇게 이색적으로 우리의 추억을 쌓아가고 있다.

그 모임에 함께하는 언니들은 다양한 직업군으로 각자의 자리에서 결혼하고 아이를 키우면서 일하는 언니들이다. 혹 나중에 남편들이 은퇴해도 언니들 벌이만으로도 충분히 살 수 있을 만큼 능력도 있고, 자신들의 취미도 각자 즐기며 건강 관리, 몸매 관리를 하면서 자식들을 무조건 우선순위에 놓지 않고 자신들의 행복, 부부간의 행복이 우선이고 아이들은 그다음 순위여도 자연스레 아이들을 더 잘 키워내는 언니들이다. 무엇이 중요한지 일찌감치 알고 잘 살아가는 언니들이다.

최근까지도 전업 맘으로 있었던 나와 달리 언니들은 하루의 시간을 쓰는 것이 달랐고, 일하는 여성과 전업 맘의 차이에서 기인한 것인지는 몰라도 무엇이든 진취적이고 도전적인 모습도 달랐다.

물론 시간이 지나고 보니 그런 점은 일을 하고 하지 않고의 차이가 아닌, 기질적으로 타고난 성향 때문이라는 생각이 들었다.

만약 학창시절에 친구로 만났다면 나와 참 많이 달라 친구가 되지 못했을 언니들인데 큰아이를 통해 인연이 되어 8년이란 시간을 같이 보내고 있다. 그러면서 나와 많이 다른 그들의 모습을 보면서 배우는 것이 많고 기존에 생각했던 수많은 나만의 잘못된 생각들의 틀을 깨 주었기에 나에게는 참으로 감사한 인연이다.

하지만 지금도 완벽하게 나와 잘 맞는 언니들은 아니지만, 그녀들과 여전히 그 모임에 함께하고 있다는 것만 보아도 앞으로도 함께 갈 이유가 충분히 있지 않나 싶다.

더욱이 드라마 치료 수업으로 인해 지금의 나의 모습에서 좀 더 유연해지려면 "잘 놀아라."라고 말씀해 주셨던 교수님의 말씀을 생각하니 나이가 들어가면서 나와 성향이 다른 언니들과의 만남이 얼마나 귀하고 소중하고 감사한지 다시금 깨닫게 되었다.

어쩌다 한 번씩 갑작스럽게 모이는 번개 모임조차도 그 시간에 해야 할 것이 있다는 이유로 망설였던 내가 언니들과 함께하다 보니 '어쩌다 한 번씩은 꼭 계획대로 안 움직이면 어때? 그날 해야 할 거 못하면 어때?'라는 생각으로 유연해지기도 했다.

아이들 초등학교 2학년 때쯤의 일이다. 어느 날 이른 새벽에 단체 카톡방에 알람이 울렸다.

"아이들 학교 보내고 캐리비안 베이(Caribbean Bay)에 가십시다."

그렇게 갑작스러운 추진이었음에도 불구하고 세 명의 언니들은 캐리비안 베이에 가서 아이들 없이 한껏 놀고 왔다. 물론 나는 그날 가지 못했다.

그래도 그 뒤로 종종 갑작스러운 번개 모임이 생기면 이젠 주저하지 않고 나간다.

머릿속에 해야 할 것으로 그득하지만 오늘 못 하면 내일 해도 충분하니 말이다.

예전의 나는 전업 맘으로서 아이들의 학습을 챙기는 것이 최고로 우선이었다.

저녁이면 아이의 문제집을 채점해서 가르쳐야 했고, 독서록과 일기장 검사에, 아이들이 잠들 때면 책도 읽어 줘야만 했다.

그렇게 해야 나의 일과가 잘 마무리된다고 생각했다.

간혹 모임을 해도 아이들을 학교에 보내고 하는 오전 모임이 좋지, 가끔 있는 저녁 모임은 부담스러웠다. 그래도 모두가 일하는 엄마들이다 보니 정기적인 모임은 대부분 자연히 저녁에 모일 수밖에 없었다.

일일이 나처럼 챙겨 주지 못했어도 결과적으로 중학교 3학년이 된 지금, 다른 아이들은 학습적으로 더 우수하고 자신의 할 일도 일찌감치 독립적으로 하다 보니 스스로 자신의 할 일을 더 잘 챙기는 아이들로 성장했다.

늘 열심히 일하는 아빠, 엄마의 뒷모습, 부부끼리 화합되는 뒷모습을 보여 주니 아이들이 잘 커가는 것이다.

특히 대학생 형들이 있는 가정이 두 집이 있는데 그 아이들의 모습을 보니 비록 서울에 있는 대학은 가지 못했지만, 자신의 적성에 맞게 과를 잘 선택했고, 인성도 바르게 큰 모습이었다. 열심히 살아가고 부부간의 화합이 잘 되는 그런 환경에서 자란 탓인지 아이들이 너무나 바르게 잘 컸다는 것을 느꼈다.

"'공부는 재능이다.'란 말이 과연 맞는가?" 공부는 재능이 아니라 노력하면 된다고 생각하는 사람들에게 어느 강사는 말한다. 남아서 지금부터 1년 동안 죽도록 공부해서 서울대학교에 가고, 판사, 회계사, 공무원 시험에 합격해 보자고 한다.

나는 공부는 시킨다고 되는 건 아니라는 확신이 든다. 그게 맞았다면 큰아이는 1등을 했어야 한다.

무조건 아이의 학습을 챙기는 것이 우선이 아니라 나 자신과의 관계, 자신의 행복과 서로의 관계, 부부 관계, 자식들과의 관계, 주변 관계의 끈을 놓치지 않고 챙겼던 언니들이다.

일이 자유로운 한 언니는 일하는 중간에 시간을 내어 집에 들어가서 아이의 간식을 준비해 놓고 나가기도 한다.

1년 365일, 매일 아침 아이를 학교 보낼 때면 꼭 한 번씩 안아 주고 보낸다고 한다.

언니들은 퇴근하고 들어와서도 아이와 잠깐이라도 이야기를 나누고 잠든다.

무엇보다 부부 관계가 좋은 언니들.

주변 관계를 잘 챙기는 언니들.

자신의 행복을 챙기고 우선시했던 언니들의 그러한 모습들, 아이들의 학습보다 소통, 관계를 우선시했던 모든 것들, 그런 행복한 마음들이 아이들에게도 전이되어 아이들이 더 단단하게 잘 커간다는 생각이 든다.

나에게 학습보다 관계와 소통이 더 중요하다는 것을 깨닫게 해준 언니들, 해야 한다는 강박에서 어느 정도는 벗어나게 해준 언니들.

언니들 한 명, 한 명 모두가 해가 거듭될수록 점점 더 외모와 마음이 멋지게 나이 들어가는 모습을 보며 언니들의 살아가는 모습이 맞다는 생각이 든다.

여러 명이 모임을 지속하는 데 있어서 늘 중간 역할을 잘해 주고 있는 맏언니인 선주 언니.

우리 모임의 반짝이는 이벤트로 아이디어를 팡팡 내주는, 그 어떤 사람들과도 잘 섞여서 지낼 줄 아는 카멜레온 같은 미영 언니.

두 개의 사업장을 갖고 있고, 우리에게도 늘 잘 쏘는 통 큰 은하 언니.

늘 엄마같이 편안하게 보좌해 주는 든든한 영숙 언니.

우리 모임의 많은 것을 챙겨 주고 우리가 어디를 가나 언니들의 모습을 담아 사진으로 꼭 남겨 주는 배려심 가득하고 친절한 소현 언니.

언니의 자리에서 최고로 인정받는 상큼하고 발랄한 기옥 언니, 그리고 화합을 좋아하는 영인이. 이렇게 우린 일곱 색깔 무지개처럼 닮은 듯하면서도 서로 다른 색깔의 여인들이 모여 오늘도 신나고 즐겁게 깔깔대며 인연을 이어오고 있다.

모임의 이름은 자뻑회. 이름처럼 우리의 행동도 언제나 어디를 가나 '자뻑'이다.

9. 미안하다, 아이야

〈시월드〉란 프로에서 사춘기 아이들이 나와서 엄마들과 부딪히는 이야기를 했다.

아이를 예술 고등학교에 보내 학비며, 사교육비며 일반 고등학교보다 많이 들어가는 교육비에 대한 부담, 아이를 키우며 이런 힘든 점들을 아이에게 이야기하면 다른 부모님들도 다 하는 건데 꼭 엄마만 하는 것처럼 생색을 낸다고 사춘기 아이가 말할 때면 이를 듣는 부모는 속상함이 올라온다고 한다.

또 캐나다로 유학을 하러 가서 골프를 하게 된 아들이 열심히 하지 않을 때가 있어 뭐라고 하면 "누가 캐나다 오고 싶어서 온줄 아냐고? 엄마가 오고 싶어서 온 거잖아?"라고 하면서 반항을 할 때면 많이 속이 상한다고 한다.

그 사춘기 아이들이 말하는 것을 보면서, 이것저것 좋은 것을 먹이고, 좋은 옷을 입히고, 이런저런 교육을 받게 하는 것보다 더 중요한 것은 사랑인데 그 사랑을 아이들이 덜 받고 자란 게 아닌가 싶은 생각이 들었다.

그래서 지금 부모님이 해 주는 것들에 대해 고마움을 느끼기는커녕 다른 부모님들도 다 하는 거라고 생각하면서 이를 당연시하고 반항하는 것을 보니 부모·자식 간의 관계를 다시금 생각하게 되었다.

아이 안에 그동안 쌓여있던 감정이 사춘기가 되어서 힘이 생기자 그제야 반항이라는 형태로 나타나는 게 아닌가 싶은 생각이 들었다.

무슨 대화라도 속 시원히 아이와 소통하고 싶었다. 큰아이는 태어날 때부터 아프게 낳은 탓에 온실 속의 화초처럼 곱게 키웠다. 뭐든 아이가 원하기 전에 내가 먼저 필요하다 싶은 것을 해 주었고, 아이에게 무슨 일이 생기면 내가 해결해 주려 했고, 내가 가르치고 보여 주고 싶은 것들을 모두 아이에게 주었다. 아이가 해야 할 것도 내가 먼저 점검하고 하게끔 했다. 늘 아이의 뒤에서 밀어주는 엄마가 아닌, 아이의 앞에서 아이를 이끌고 가는 엄마였다.

그러다 보니 아이는 무엇이든 스스로 하려는 성향이 부족하고, 엄마가 하라고 하지 않으면 안 해도 괜찮다고 생각하는 성향을 지니게 되었다. 자기 일에 대한 책임감과 성실함이 많이 부족했다.

친구와 싸우고 오면 아이가 다음날 학교 가서 스스로 해결하기도 전에 그 친구를 같이 만나 엄마의 중재로 화해를 시키기도 할 정도였다.

큰아이는 태생이 말이 많지 않은 아이였다. 생각이 많아 대답이 늦은 아이였는데 성격이 급한 엄마는 이를 기다려 주지 못하고 다그쳤고, 대답을 빨리 안 한다고 뭐라 하니 아이는 더더욱 자기표현을 많이 하지 않게 되었다.

'네가 뭘 알아?' 하는 식으로 엄마의 잘난 맛으로 아이를 그렇게 키웠다.

그런대로, 엄마가 결정한 대로 따라와 주는 착한 아이인 줄로만 알았다.

그런데 아이가 중학교에 들어가니 상황이 달라졌다.

이젠 엄마가 해줄 수 있는 범위도 한정적이었고, 중학생이 되었으니 엄마가 일일이 챙겨 주는 건 중현이한테도 잘못 하는 길인 것 같아서 아이가 해야 할 학교생활에 대한 준비는 다 아이에게 전적으로 맡겼다. 숙제며 준비물이며 학습 등 모든 것을 아이에게 맡겼다.

그랬더니 아이는 모든 것에 성실하게 임하지 않았다. 성적도 잘 나오지 않는 건 물론이고, 시험 기간이 되어도 어떻게 공부하는지도 모르는 모습으로 스마트폰만 만질 뿐이었다. 일일이 숙제 체크를 하지 않으니 학교나 학원 숙제도 성실하게 해 가지 않았다. 그러면서 성적은 좋지 않았고, 공부에도 영 의지가 있어 보이지 않았다.

그렇게 첫째 아이는 크게 몸으로 반항하는 것이 아니라 무기력한 모습으로 사춘기를 맞이했다.

그런데 우연한 기회에 7박 8일간의 600㎞ 자전거 국토 순례를 다녀오면서 아이가 달라졌다.

2년 동안 순례를 다녀오니 아이의 몸은 근육으로 다져졌고, 아이 자신도 무언가 해냈다는 자신감이 생기고, 함께 간 친구들도 중현이를 인정해 주니 아이의 마음의 힘은 점점 커졌다.

아이가 학교에서 팔씨름으로 반에서 1등을 하는 일도 있었다. 아이는 그 후로 팔씨름 1등 자리를 놓치지 않기 위해 매일 끊임없이 아령으로 몸을 다지기도 했다.

공부는 열심히 하지 않는 아이가 몸 관리 리스트를 계획적·체계적으로 짜 놓고 끈기 있게 하는 모습을 보면서, 아이마다 타고난 재능이 다 있다던데 중현이는 운동에 재능을 보이나 싶은 생각도 들었다.

그래도 엄마 마음에 학교공부는 뒷전이고 수학은 'XY'만 나오면 현기증을 보이는 아이를 더 이상 수학을 시키는 게 맞나 싶은 생각에 중학교 2학년 때부터 수학 학원도 보내지 않았다.

그 후로 신랑, 아이와 함께 얘기를 나누었다. 아이가 언어에는 부족함이 없어 보이니 전망이 있는 베트남어를 해보면 어떻겠냐는 제안에 아이도 그렇게 해 보겠다고 했다.

그렇게 해서 중현이는 베트남어를 시작하게 되었고, 지금도 일주일에 한 번씩 강남 부근에 있는 어학원으로 베트남어를 배우러 간다.

그런데 그곳에서도 학교 공부하듯 숙제도 성실하게 해 가지 않고 단어 시험도 준비해 가지 않는 모습에 결국 폭발한 적도 있다.

아이에게 공부 재능이 없다는 생각이 들어 학교 공부는 네가 할 수 있는 만큼만 수업시간에 채우라고 하고, 아이는 지금은 영어와 베트남어 학원에 다니고 있다. 아이가 요즘 몸 만드는 데 집중하느라 막상 학생으로서 해야 할 영어와 베트남어에 소홀히 하는 모습에 대한 불안함과 아이에 대한 실망감이 겹쳐 복합적인 감정이 생겼다.

부모로서 아이에게 나중에 먹고살 만한 무기를 하나쯤 갖게 해두고 싶었던 건데, 혹 그렇게 언어를 배우다가 잘하게 되면 성취감도 느끼면서 다른 무언가에도 도전할 의욕이 생기지 않을까 하는 욕심을 갖고 시켰던 건데, 결국엔 자신이 하고 싶은 것에만 심혈을 기울이는 아이의 모습을 보면서 화가 올라왔다.

학생으로서 해야 할 것에 대한 불성실함, 이 정도는 해야 하는 것 아니냐는 그 기준에서 아이가 넘어가니 중현이를 어디까지 이해해야 하고 어떻게 아이를 키워야 하는지에 대한 고민이 많다.

그러면서 아이 어렸을 때가 기억났다.

비교와 콤플렉스로 열등감 가득했던 엄마가 아이를 온전히 사랑해 주지 못하고 늘 주변 친구들과 비교하고 의식하며 내가 이루지 못한 것, 이루고 싶은 것에 대해 욕심을 내며 아이를 자랑거리로 만들고자 했던 수많은 행동이 아이에게 어떻게 작용했을지, 그래서 아이의 지금 모습이 어쩌면 당연한 결과가 아닌지에 대한 생각을 해보게 된다.

물론 나도 할 말은 많다.

'너한테 신경 써 주고 잘해준 게 얼마나 많은데? 다른 엄마들처럼 일한 것도 아니고, 전업 맘으로 있으면서 너한테 채워준 게 얼마나 많은데?'

억울하다고 호소할 수 있고, 그동안 쏟은 많은 것 아깝다고 할 수도 있다.

하지만 곰곰이 생각해보니 그것은 아이가 원해서 했던 것은 아니었다.

내가 불안해서 해 주었고, 내가 욕심내서 해 주었고, 내가 이만큼 하면 엄마 역할 잘하는 거라고 스스로 위안하며 자랑하려고 해 주었던 것이다.

그렇게 자라온 아이는 당연히 자기표현이 부족하고, 엄마의 의지대로 끌려오고, 무기력하고, 자신의 해야 할 일을 제대로 하지 않고, 누구의 말도 귀담아듣지 않고 자신의 고집대로 하고 싶은 것만 하려는 소통이 제대로 되지 않는 아이로 자라난 것이다. 이것은 당연한 결과가 아닐까 싶다.

〈시월드〉에 나온 사춘기 아이들의 모습을 보면서 중현이가 보인다.

엄마들은 이것도, 저것도 해 주었다고, 억울하다고 호소하지만, 아이들은 그런 것들보다 엄마의 진정 사랑을 바랐을지도 모르겠다.

아무것도 안 해줘도 좋으니 나를 있는 그대로 이해해 주고 수용해 주는 그 마음. 그것을 바란 것은 아니었을까?

아이를 통해서 많이 성장한 줄 알았다.

하지만 아직도 어느 날은 굉장히 어수선할 때도 있다. 머리와 입은 내가 성장하고 좋아졌다고 하지만, 아이에게 아직도 남아있는 욕심이 있고, 아이가 이만큼은 해 주었으면 하는, 이런 모습이었으면 하는 그러한 바람이 있다.

그래도 순간 욕심내는 나 자신을 알아차리고 이제는 아이의 모습을 있는 그대로, 내 모습 그대로 받아들이는 중이다.

비교와 콤플렉스로 아이에게 수없이 상처 주었던 그동안의 시간들. 분명 이전보다 아이에게 덜 상처 주지만, 아직도 완전히 사랑을 주지 못하고 있다.

상처 주었던 시간만큼 아이에게 사랑을 주어야 한다. 그래야 치유가 되고 회복이 된다.

나는 아이에게 상처 주었던 시간이 길었기에 아직도 사랑을 주어야 하는 시간이 많이 필요하다.

어쩌면 아직도 자기표현을 제대로 하지 못하고, 자기가 하고 싶은 것도 표현 못하고, 해야 할 일을 제대로 하지 않는, 누구의 말도 귀담아듣지 않고 자신이 하고 싶은 것만 하려고 하는 고집스러운 그런 아이의 모습조차도 있는 그대로 이해하고 수용하는 것이 진정한 사랑이 아닐까 싶다.

제3장

아이와의
소통

1. 문제 소유 가리기

나는 큰아이를 임신했을 때부터 아이를 잘 키우고 싶은 욕심에 육아서를 읽기 시작했다. 읽으면서 희망이 생겼다. 내 아이도 책에서 하라는 대로 하면 영재로 만드는 것은 시간문제구나 싶었다.

비록 아프게 낳은 아이라 발달은 늦었어도 꾸준히 육아서를 읽었고 육아서에서 보고 배운 대로 내 아이를 키웠다. 하지만 내 아이는 책에서 나오는 아이처럼 따라오지 않았고, 대화를 시도해 봐도 책에서 적힌 대로 대답하지 않았다. 물론 엄마도 같은 엄마는 아니었다.

아무리 같은 말을 하긴 했어도 책에서 나온 엄마가 내가 아니듯, 그 책에서 나온 아이도 내 아이가 아니었다. 헷갈리기 시작했다. 누가 속 시원히 이러한 헷갈림을 해결해 주었으면 하는 찰나에 큰아이가 7살 때 부모역할 훈련(P. E. T.)이라는 부모교육 프로그램을 만났다.

책에선 구체적인 대화나 사례까지도 제시되어 있었지만, 어떻게 해야 하는지에 대한 그 원칙을 배우고 싶었다. P.E.T.에서 이를 배울 수 있었다.

아이들과 지내면서 아이와 부딪치는 상황을 보면 크게 몇 가지가 되지 않는다. 그래도 종일 부딪치고 잔소리를 하는 것을 보면 무수히 많은 상황

때문에 아이와 부딪치나 싶지만 실은 그렇지가 않다.

나 역시 몇 가지 상황 때문에 아이에게 반복적으로 잔소리한다는 것을 알게 되었다.

부딪치는 상황을 글로 적어 냉장고에 붙여 놓기만 해도 그 상황을 직면할 때마다 또 '내가 화가 올라오는구나. 아이의 모습이 보기 불편하구나.' 라는 생각이 들고, 이를 알아차리면 바로 잔소리를 하지 않고 순간 멈춘 다음 그 상황을 보게 되니 많은 도움이 되었다.

또한 아이들과 지내면서 항상 부딪히는 상황만 있는 것은 아니다.

분명 수용 가능한 상황이 있고, 그렇지 않은 상황이 있다. 아이들이 엄마가 밥을 차릴 때 옆에서 도와준다든가, 알아서 숙제를 한다든가, 남매들끼리 사이좋게 노는 상황은 분명 기분 좋게 수용이 되는 상황이다. 하지만 반대로 자신의 할 일도 하지 않은 채 스마트폰을 만진다든가, 남매들끼리 싸운다든가, 시험 못 봤다고 속상해하는 상황은 수용이 되지 않는 상황이다.

이렇듯 수용이 되지 않는 상황에서 어떻게 대화를 해 나갈 것인가를 배우는 것이 부모교육의 목적이다.

우선 수용이 되지 않는 비수용 영역에 들어가 있는 상황에서는 누가 더 속상한지 '문제 소유 가리기'를 한다.

아이가 스마트폰을 만지는 상황은 아이가 힘들어하는 상황이 아니라 부모가 힘들어하는 상황이다.

시험 못 봤다고 속상해하는 상황은 아이가 힘들어하는 상황이다.

이 상황에서 곰곰이 생각해 봐야 한다.

아이가 시험 점수가 잘 나오지 않으면 누가 더 힘들어하는가? 이 상황은 부모들이 많이 헷갈리는 상황이다. 'Here & Now.' 지금 누가 더 힘들어하는지를 따져야 한다.

이런 상황에서는 대체로 아이가 힘들어한다. 간혹 아이는 아무렇지 않은데 엄마가 학원비가 아깝다는 생각에, 또 욕심이나 기대가 앞서서 속상해하기도 하지만 대부분 이 상황은 아이에게 문제를 넘겨줘야 중학교에 들어가서도 자신의 학습과 성적에 책임을 갖고 사는 아이로 자랄 것이다.

아이의 문제, 아이의 일을 부모가 책임져 주고 모든 일을 부모가 알아서 다 해결해 주면, 무슨 일이든지 늘 해결해 주는 부모로 남아 있다면, 아이는 평생을 모든 면에서 부모와 분리해서 생각하지 못하고 힘들어할 것이다.

나는 일관적인 엄마가 되고 싶었다. 늘 한결같고 두 아이 모두에게 공평한 엄마가 되고 싶었다. 어느 자리에 가든 같은 모습인 엄마가 되고 싶었다.

P. E. T. 첫 시간에 비일관성의 원리를 배우는데 가슴이 뻥 뚫리는 것 같았다. 엄마의 감정에 따라, 아이가 누구냐에 따라, 환경에 따라 아이의 행동이 수용될 수도 있고 비수용이 될 수도 있다는 원리를 배우는 시간 동안 그동안 나 스스로 일관적이지 않은 내 모습에 대해 참 많은 자책을 했는데 그래도 괜찮다는 것을 알게 되었다.

아이가 피아노를 치는 같은 상황인데도 내가 머리가 아파서 누워 있는 상황에서 아이가 피아노를 치는 모습은 비수용이고, 내가 컨디션이 아주 좋은 상황에서 아이가 피아노를 치는 모습은 당연히 수용이다.

또한, 아이에게 미술놀이를 해 주려고 거실에 물감과 요모조모 미술놀이 재료를 준비해 놓았던 적이 있다. 큰아이는 신나게 놀다가 흥분해서 거실 전체를 돌아다니며 집안의 여러 곳에 물감을 묻힌다. 반면 작은아이는 놀라고 하는 그곳에서만 논다. 미술놀이를 하는 상황에서는 큰아이는 비수용이지만 작은아이는 수용이다.

거실에서 아이가 줄넘기를 한다. 당연히 비수용이지만 밖에서 줄넘기하는 것은 수용이다.

이렇게 감정에 따라, 누구냐에 따라, 환경에 따라 어떤 상황은 수용이고 어떤 상황은 비수용으로 나눠진다. P. E. T.에서는 그렇다면 비수용일 때 우린 어떻게 대화를 해야 하는 것인가를 배우게 된다.

첫 시간에 가정에서 아이와 부딪치는 엄마들의 이야기를 들으면서 많은 것을 느꼈다. 다 비슷한 부분에서 고민하고 아이와 부딪치고 힘들어한다는 사실에 서로의 이야기를 듣는 것만으로도 마음이 가벼워졌다. 아직 아이와의 관계에서 힘든 부분은 해결되지도 않았고 아직 대화법을 배우지 않았는데도 나만의 고민이 아니라는 것을 알았다는 것만으로도 마음이 한결 가벼워짐을 느꼈다.

고운 말과 미운 말에 대해 실험한 재미있는 이야기가 있다.

갓 지어낸 쌀밥을 유리병 두 개에 각각 담는다. 그리고 한 병에는 고운 말("고마워.", "사랑해.", "축복해.")을, 다른 병에는 미운 말("짜증 나.", "힘들어.", "화나.", "어휴.")을 매일 반복해서 한다.

두 병을 부엌에 나란히 보관했다가 다른 장소로 가지고 가서 지속해서 고운 말과 미운 말을 속삭인다. 일주일이 지나자, 미운 말을 했던 병에는 눈에 띄는 푸른색 곰팡이와 분홍색 곰팡이가 피기 시작했다. 고운 말을 했던 병에도 콩알만 한 검은색 곰팡이가 피어났다.

그러나 그 후 검은색 곰팡이는 더 이상 퍼지지 않고 멈추었다. 반면 점차 미운 말을 했던 병에는 곰팡이가 밥 전체에 다 피기 시작했다. 말에는 힘이 있음을 다시 한번 느끼게 해준 실험이다. 하물며 밥도 이렇게 반응을 하는데, '사람은 어떨까?'란 생각을 해 보게 된다.

아이가 힘들어하는 상황일 때는 부모가 같이 속상해하고 나오는 대로 마구 아이에게 미운 말이나 잔소리를 쏟아부을 것이 아니다. 또 내가 힘들어하는 상황에 마구 잔소리를 쏟아부을 것이 아니라 적절한 대화법을 사용하다 보면 관계가 나빠지지 않고 좋아진다.

오히려 그렇게 할수록 부모 역할이 조금은 덜 힘들어지고 자녀들이 좀 더 책임감 있는 아이로 성장하는 데 큰 도움을 받게 된다는 것을 느낀다.

좋은 부모는 자녀가 소유한 모든 문제를 해결해 주는 부모가 아니라는 것을 깨닫기만 해도 마음이 한결 가벼워질 것이다.

살아가면서 내 짐만 어깨에 메고 가기에도 힘든데 아이, 남편, 부모의 짐까지 어깨에 메고 간다면 너무나 인생이 힘들어진다.

아이를 아프게 낳았고, 약자라 생각했고, 엄마가 해결해 주어야 한다는 생각에 아이의 짐까지 내가 짊어지려 했으니 나의 육아는 그동안 얼마나 힘들었을까?

앞에서 아이를 질질 끌고 가는 엄마가 아니라 아이가 힘들어할 때마다 슬쩍 뒤에서 밀어주는 엄마, 아이에게 열심히 잘 살아가는 뒷모습을 보여주는 것이 좋은 부모로서의 역할이다.

2. 상대의 마음 들어 주기

시험을 잘 치르지 못하고 집으로 돌아온 아이에게 부모는 어떻게 대화를 시작해야 하는가?

시험 점수에 욕심이 있고, 자신이 노력한 만큼 결과가 나오지 않아 속상해하는 아이에게 "그러니깐 평소에 공부 좀 더 하지. 학원비가 아깝다. 엄마가 스마트폰 좀 덜 만지라고 했지?"라고 잔소리를 쏟아부으면 아이의 마음이 과연 어떠할까?

이럴 때 엄마도 물론 속상한 마음이 들겠지만, 'Here&Now.' 누가 더 힘든지를 생각해 보면 답이 나온다. 당연히 아이가 더 힘들 것이고 부모는 아이의 그 힘든 마음을 들어 주고 알아주면 된다.

신혼 초의 일이다. 속상한 마음을 가득 안고 신랑이 퇴근하기만을 기다렸다가 속상한 마음을 전부 이야기했더니 신랑이 내 마음의 이야기를 들어 주고 어루만져 주기는커녕 해결해 주고 조언해 준다고 부드럽게 조곤조곤 해 주고 싶은 말을 했다. 아무리 부드럽게 말한들 그 말이 내 귀에 들어오는가? 그건 내 마음이 풀어지고 감정의 홍수에서 벗어난 다음 해 줘야 할 것들이다.

그럴 때는 우선 내 마음을 어루만져 주고 감정을 위로해 주는 것이 먼저다.

이처럼 시험 점수가 잘 나오지 않은 아이에게는 "시험 못 봐서 속상하지? 노력한 만큼 점수가 나오지 않아서 크게 실망했구나."라면서 대화를 시작하면 아이가 좀 더 깊은 마음속의 이야기를 할 것이다. 또한 그 마음을 잘 들어 주다 보면 아이의 마음은 풀리게 된다. 그러면 아이 스스로 다음에 어떻게 공부를 해야 하고 본인이 해결책을 생각할 여유가 생긴다. 또는 내가 진정으로 해 주고 싶었던 이야기나 마음을 그때 전달할 수도 있다.

이런 대화의 기본 원리를 배우고 나니 마음이 한결 가벼워졌다. 이를 통해 아이의 모든 것을 내가 짊어지고 해결해 주려 했던 마음이 바뀌었다. 아이의 힘듦과 아이의 몫은 아이에게 넘겨줘도 되는 건데, 내가 모든 것을 짊어지고 가려 했구나 싶은 마음에 육아가 한결 수월해졌다.

학교 숙제하기, 시험 성적, 친구와의 싸움은 결국 모두 아이의 짐이고, 아이에게 그 짐을 넘겨줘야지 그것이 마치 엄마의 짐인 양 엄마가 일일이 챙겨 주고 더 속상해하다 보면 아이는 커서도 부모의 해결책을 기다리고 부모에게 의존하게 될 것이다.

아이가 초등학교 2학년이던 때의 일이다. 어느 날 아이가 학교에서 친구와 싸움을 하고 돌아와서 씩씩거리고 울먹거리며 속상한 마음을 이야기했다. 그러면 그 순간 아이가 힘든 상황이니 아이의 이야기를 충분히 들어 주다 보면 아이는 더 깊은 이야기를 할 수도 있었다. 그러한 대화가 오가면서 아이의 속상한 마음은 덜어지고 내일 학교 가서 그 친구와 화해하든, 하고 싶은 말을 하든 그럴 마음의 힘이 생기는데, 아팠던 아이가 늘 약자라고만 생각했던 나는 속상해하는 아들에게 내가 더 속상한 나머지 "왜 그러니깐 맞고 왔어. 태권도 배우면 뭘 하니? 그때 써먹어야지."라고 했다. 아이가 더 속상한데 엄마가 아이의 짐을 자신의 짐으로 갖고 와서 속상함을 고스란히 드러낸 것이다. 더 부족한 모습은 그다음 날 학교 앞에 가서

싸운 친구와 화해를 시켰던 내 모습이다. 부족하고 지질했던 내 모습을 지금에서야 고백해본다. 아이가 원했던 방법도 아니었는데 말이다.

그러하니 학교 숙제, 준비물, 학교 시험까지도 아이의 몫으로 분리하지 못하고 엄마가 아이의 앞에서 일일이 챙겨 주었다.

매사에 그랬던 것에 대한 영향 때문인지 아이는 자신이 마땅히 해야 할 것도 '엄마가 챙겨 주겠지.', '엄마가 해결해 주겠지.'라고 생각하며 어느새 자신의 할 일을 남 탓이나 엄마 탓으로 미루는 모습으로 성장했다. 그러다 보니 아이가 중학교에 진학하고 나서 아이의 몫을 아이 스스로 할 수 있도록 넘겨주었으나 당연히 아이는 자신이 해야 할 것을 잘 해내지 못했다. 그래도 도와주고 해결해 주고 싶은 마음은 굴뚝같지만, 여전히 지금도 지켜보고 있는 중이다. 잘 못해서, 잘못 챙겨가서 학교에서 혼나도 그것은 아이의 몫이고, 언제까지 아이의 몫을 내가 챙겨줄 수는 없을 테니 말이다. 당장은 혹 잃는 것이 있다 해도 멀리 길게 보아야 할 일이다. 장가가서도 부모와 분리하지 못하고 손을 벌리는 자식이 된다고 생각하면 얼마나 끔찍한 일인가?

나는 둘째 아이인 수연이가 3살 때 부모교육을 만났다. 그래서 둘째 아이야말로 감사하게도 P.E.T.에서 배운 소통법대로 아이를 대할 수 있었다. 배운 소통법대로 어렸을 때부터 아이를 대하니 혹 아이가 화가 났더라도 금세 아이의 마음은 풀렸고, 사춘기 시절의 아이가 친구와 예민하게 감정 싸움이 오갈 때도 아이의 마음만 잘 들어 줘도 그다음 날 아이가 학교에 가면 알아서 그들만의 방법으로 문제를 해결하고 오는 모습을 보고 스스로 해결하게끔 하는 것이 얼마나 중요한지 깨달았다. 숙제며, 시험이며, 준비물을 챙기는 것까지 모두 아이 스스로 해결해 가니 간혹 못 챙기고 부족한 모습이 보여도 아이 스스로 해 가면서 채워 가고 배워 간다는 것을 수연이를 통해 깨닫게 되었다. 육아에 대한 힘듦이나 부담도 몇 배나 감소했다.

물론 성향적으로 이 방법이 잘되는 아이들도 있고, 그렇지 않은 아이들도 있다. 또한, 남자아이나 여자아이 등 성별의 차이도 있다.

그래도 어떠한 상황을 만날 때 그 상황은 누가 더 힘든 상황인지를 고려하고, 누가 해결해야 할 몫인지 분리하다 보면 육아의 부담은 줄고 오히려 내가 하고 싶은 것에 더 신경 쓸 수 있는 시간과 마음의 여유가 생긴다.

한 친구가 있다. 그 친구는 시어머니랑 잘 맞지 않아 힘들어한다. 주말에 시댁에라도 다녀오면 월요일이면 내게 전화를 한다. 그리고 차 한 잔 마시자고 한다. 카페에서 만나면 봇물 터지듯 시댁 이야기를 한껏 한다. 사실 처음엔 그 친구가 잘못하는 부분도 있어서 조언도 하고, 지적도 하고, 어쩔 땐 해결책을 제시하기도 했다. 한데 친구의 표정이 썩 좋지 않았다. 그래서 그다음엔 아무 말도 하지 않고 오직 이야기만 들어 줬다. 그랬더니 스스로 마음을 추스르고 알아서 정리하고 해결책까지 제시했다.

그 친구를 통해서 확연하게 알게 되었다. 정말 감정의 홍수에 빠져 있을 때 깊은 마음을 굳이 잘 헤아려 주지 않아도 눈빛이나 고개의 끄덕거림 등 단순한 몸짓을 통한 공감과 아무 말 없이 들어 주는 것이 얼마나 큰 힘이 되는지 말이다. 거기에 더해 그 속상하고 억울한 마음에 대해 말로 그 마음을 헤아려 준다면 더 개운하게 마음이 풀릴 것이다.

육아로 힘들고 지칠 때 친정엄마와 통화하면 난 늘 울게 되었다. 깊은 곳에 있는 내 속상한 마음을 잘 헤아려 주시고, 말로 내 마음을 대변해 주시는 엄마의 말을 듣고 있으면 마음의 정화가 되어 눈물이 났다. 그렇게 전화를 끊고 나면 아이가 학교에서 돌아올 때쯤엔 다시 잘해 봐야지 하는 마음의 힘이 저절로 생겼다.

내 마음이 편안하지 않고, 행복하지 않고, 무언가 복잡한 감정에 둘러싸여 있을 때는 온전히 아이의 마음을 들어 주고 그 말에 집중할 수 없으니 아이의 마음을 들어 줘야 할 타이밍에도 내 말을 하게 된다.

"매일 아침 기분을 좋게 끌어올리는 것은 권리가 아니라 의무다."라는 말이 있다.

매일 내가 무엇을 하면 기분이 좋은지를 알아내어 나만의 방법으로 매일 아침 기분을 좋게 끌어올려 놓으면 모든 일에 대해 감정대로 생각하는 것이 아니라 어떠한 상황이든 이성적으로 분리해서 생각할 수 있고, 혹 아이나 상대가 힘들어하면 그 아이나 상대방의 마음을 충분히 들어 줄 마음의 여유가 생긴다.

앞에서 말했던 시댁 얘기를 하는 친구도 마찬가지다.

내가 더 힘든 상황이 있고, 내 마음이 불편하고 힘들 때 그 친구를 만나면 그의 이야기를 들어 줄 마음이 생기지 않았다. 계속 그 친구에게 나름대로 조언을 하고 해결책을 제시하고 잘잘못을 따지게 되니 관계가 좋아질 리가 없고 그 친구의 마음도 풀리지 않았다.

아이들을 학교에 보내고 에너지를 소진하는 활동을 하지 말고 에너지를 채울 수 있는 활동을 해 보자고 했다. 무엇을 할 때 엄마들은 에너지를 채울 수 있을까?

책을 읽는 엄마도 있을 것이고, 글쓰기를 하는 엄마, 좋은 교육을 들으러 다니는 엄마, 운동하는 엄마, 산에 가는 엄마, 분위기 좋은 카페의 창가 근처에 앉아 달콤한 바닐라 라테 한 잔을 마시는 엄마, 마음 잘 맞는 친구와 담소를 나누며 맛있는 점심을 먹는 엄마, 보고 싶었던 영화나 드라마를 챙겨 보는 엄마, 꿈을 향해 계속 배우고 도전해 나가는 엄마 등 자신만의 기분을 끌어올리는 방법으로 오전을 그렇게 보내고 나면 아이들이 학교에서 돌아와 무슨 이야기를 해도 내 감정대로 대하는 것이 아니라 아이의 마음을 들어 줄 여유가 생긴다.

그럼 아이들은 엄마는 내 편이라고 생각하고 그 힘으로 무엇이든 도전하고 자신의 할 일을 책임감 있게 해 나갈 것이다. 그것이 가장 중요하다.

또한, 아무리 좋은 소통 기술도 머리로는 알고 있어도 내 마음이 행복하지 않으면 잘 안 되었고, 많은 연습이 필요하다는 것도 알게 되었다.

3. 내 마음 표현하기

방학 동안 스마트폰 사용량이 많은 우리 집 두 아이의 모습을 보기가 불편하다. 더욱이 자신의 할 일을 소홀히 하면서 스마트폰을 한다면 이건 정말 부모를 잔소리 대마왕으로 만드는 지름길이 된다.

"그만해. 계속 스마트폰 사용하면 시간 규제할 거야. 내일은 못하게 할 거야. 이따 공부할 때 제대로 안 하기만 해 봐. 얼른 공부해." 이렇게 말하는 것이 아니라, "스마트폰을 계속 사용하면 정작 네가 해야 할 일인 공부를 할 때 피곤하고 시간이 부족하다며 짜증 낼 텐데, 그런 네 모습을 보는 것이 엄마는 많이 불편해."라고 그 상황과 그로 인해 나에게 미치는 영향과 감정을 아이에게 이야기해 주면 된다.

우린 나에게 미치는 영향을 가만히 생각하다 보면 크게 영향이 미치지 않는데 습관적으로 조금이라도 보기 불편하고, 'Here&Now.'라고 생각하거나 혹 그 상황은 내가 힘든 상황이라기보다 아이가 힘든 상황이라 아이의 마음을 들어 줘야 하는데도 불구하고 아이에게 봇물 터지듯 감정적인 말을 마구 할 때가 많다.

나에게 미치는 영향이 없다면 나오려는 말도 주워 담아야 한다.

아이가 글씨를 못 쓰는 것, 남매가 싸우는 것, 숙제를 하지 않는 것, 시험을 못 본 것.

문제의 소유자를 가려 누가 더 힘든지를 가려보면 아이들 본인은 글씨를 못 쓰거나, 숙제를 해 가지 않거나, 시험 못 본 것이 괜찮을 수도 있는데 엄마가 더 속상해하고 힘들어하는 경우가 많다는 것을 다른 엄마들을 만나면서 종종 느낀다. 나 또한 아이가 그런 모습일 때 보기 불편할 때가 많았다.

그렇다면 왜 보기 불편할까?

나에게 미치는 영향을 생각해보면 "네 알림장 글씨를 알아보지 못해서 다시 한번 무슨 글씨냐고 확인해야 하는 것이 번거롭다."

"숙제를 하지 않아서 학교 가서 선생님께 혼나는 아들 모습을 생각하면 엄마가 속상해. 그리고 자신의 할 일도 해내지 않는 책임감 없는 아들로 자라게 될까 봐 걱정돼."

"공부를 잘하지 못하면 나중에 가고자 하는 방향의 원하는 대학에 가지 못할 거야. 그러면 네가 하고 싶은 일을 하는 것에 대한 선택의 기회가 줄어들 것 같아서 엄마는 걱정된다."

혼이 나면 어때서? 원하는 대학 못 가면 어때서?

사실 숙제해 가지 않고 시험 못 보는 건 아이의 문제로 넘겨주고, 혹 준비물을 준비해 가지 못하고 시험 성적이 좋지 않으면 본인이 속상해하고 본인의 몫으로 넘겨줘야 한다. 그런데도 많은 엄마가 이를 자신의 문제로 가지고 와서 걱정된다며 '나 전달'을 하게 된다.

종종 정말 그런 경우도 있다. 아이는 아무렇지 않은데 엄마만 속상해하는 경우다.

그럴 경우 나 전달의 형식에 맞게 비난 없는 행동 위주의 서술로 나에게 미치는 영향, 감정을 이야기하다 보면 걱정이나 불안한 마음이 대부분이라는 것을 알게 된다.

스마트폰도 마찬가지다. 스마트폰 사용이 많아서 걱정되는 것이 아니라 사용량이 많아서 자기 할 일을 소홀히 하는 것이 걱정되는 것이다. 그렇다면 소홀히 하는 것이 왜 걱정이 될까?

나는 원하는 대학에 가지 못해서 아이가 나보다 나은 대학에 들어갔으면 하는 마음, 키우면서 자랑거리인 아이로 만들고 싶은 욕심이 컸었다. '이만하면 엄마 역할 잘하는 거지.'라는 마음으로 자랑하고 싶었던 것이다. 그러니 결과물이 좋았으면 했던 것이다.

아이가 휴대폰을 사용하는 것도, 시험 성적이 좋지 않은 것도, 숙제를 안 챙겨가는 것도 모두 나에게 미치는 영향은 크다고 생각했다.

"불안하다.", "너의 미래가 걱정된다."는 말 아래에는 "그렇게 잘못되면 내가 엄마 역할 잘못 하는 것 같아서 속상해."라는 말이 담겨있었다.

하지만 어느 순간 뭐가 중요한지 알았고, 나 자신을 알아차리고, 콤플렉스도 알아차리고 그렇게 하나씩 내 마음이 불편했던 것을 걷어냈다. 지금도 여전히 그러한 상황이 불편하기는 하지만 그 영향이나 불편함의 이유는 달라졌다는 것을 느낀다.

그러면서 사실 이젠 아이가 시험을 잘 치르지 못한다거나 간혹 숙제를 챙겨가지 않으면 그건 아이의 몫으로 넘길 수 있다. 하지만 그런 모습에 여전히 불편함이 올라오는 건 이전과는 또 다른 양상의 걱정 때문이다.

그건 그렇게 자신의 할 일을 잘 못 챙겨서 혹 자신의 역할도 제대로 못 하는 사람이 될까 봐 걱정이 되고, 혹 나중에 나에게서 독립하지 못하는 그런 아들이 될까 봐 그런 모습이 보기 불편해지고 서로 힘들어지는 부분에 대한 걱정이 앞서는 것이다.

중학교 3학년이 된 아들은 베트남어를 배우고 있다. 학원에서 매주 단어 시험을 보고 회화 시험을 보는데 열심히 하지 않는 모습에 또 부정적인 감정이 생기는 것을 느꼈다. 분명 시험을 잘 못 치르면 수업시간의 창피함은 온전히 아이의 몫인데 왜 내가 또 감정이 올라오지? 이에 대해 곰곰이 생각해 보니 성실하지 않은 아이의 모습에 앞으로 인생을 살아갈 아이의 근성이 걱정되고, 그것보다 매달 내는 교육비 생각도 나는 것이었다.

다시금 생각해 본다. 아이마다 성향이 다른 것이다. 공부하는 방식도 다른 것이다. 이번에 한 번 열심히 하지 않았다고 쭉 열심히 안 하는 것도 아니다.

'나는 진정 완전하게 아이의 몫으로 무엇인가를 줘 본 적이 있었나?'라는 생각을 해 보았다.

아이의 공부를 아이의 몫으로 넘겨주고, 혹 준비해 가지 않아 창피함을 당하고 그러면 아이 스스로 챙길 수도 있다. 아니면 아이가 준비도 안 해 가고 창피함도 못 느낀다면 정신적으로 강하다고 생각해야 하는가? 아니면 이 공부가 적성에 맞지 않을 수도 있다.

지금 이러한 상황은 아이의 몫으로 넘겨주고 싶다.

아이들의 나이도 참 중요하다. 초등학교 저학년이라면 어느 정도 습관이 잡힐 때까지는 엄마의 손길이 필요하다. 그러면서 차츰 아이가 스스로 할 수 있게끔 아이의 몫으로 자연스럽게 넘겨주는 것이다.

둘째 아이인 수연이는 이러한 부분은 일찌감치 스스로 독립이 되어 스스로 자신의 할 일을 챙긴다.

물론 엄마가 챙겨 주다 보면 좀 더 완벽하게 해 가겠지만, 나는 그런 것보다 아이가 자신의 할 일을 스스로 책임지고 해 가는 것에 더 주안점을 두기 때문에 이러한 문제들을 아이의 몫으로 온전히 넘겨주고 있다.

보기 불편한 상황을 만났을 때 아이가 힘든 것보다 내가 더 힘든 상황을 만나면 나에게 미치는 영향이 무엇일까를 곰곰이 생각하다 보니 딱히 나에게 미치는 영향이 없고, 모든 것은 결국 나의 걱정, 불안, 욕심이 앞서서 그런 것임을 느끼게 되면서 나 자신을 들여다보게 되었다.

이렇게 내 모습을 있는 그대로 들여다보는 시간이 참 중요하다는 것을 느낀다.

예전에는 아이와 종일 함께 보내고 잠자리에 들 때면 불편한 마음이 참 많았다. 아이와 부딪치는 상황, 그럴 때마다 내가 했던 말들, 왜 내가 그토록 불편하고 힘들까를 곰곰이 생각해 본다.

새벽 4시에 일어나서 일기를 쓰면서 그 마음을 들여다보면 왜 그토록 불편하고 속상한 마음이 올라오는지, 나의 날것이 보인다.

그러면 '내가 어떤 점 때문에 불편했구나. 힘들었구나. 속상했구나.'라며 스스로의 마음을 들어 주게 되고 이를 안아 주면 누군가에게 위로를 받은 것 이상으로 마음이 풀리고 긍정적인 기운이 생긴다.

그러다 보면 다시 새로운 마음으로 하루를 시작할 수 있고, 아이들과 지내면서 보기 불편한 상황이 객관적으로 보이게 된다. 그러면서 그 상황이 아이가 힘든 건지, 내가 힘든 건지 잘 분리해서 생각하고 혹 내가 보기 불편한 상황이라면 그 영향 또한 욕심, 걱정, 불안 등이 아니라 오로지 나에게 불편한 것이 무엇인지가 보이게 된다.

물론 나에게 미치는 영향에 대한 정답은 없다.

누구나 살아온 환경이 다르고, 가치관이 다르고, 중요함이 다르고, 성향이 다르니 그 영향은 모두 다르게 나온다.

어느 엄마에겐 전혀 문제로 느껴지지 않는 상황이 있는 반면에 나에겐 그 상황이 크게 문제로 느껴지기도 한다.

아이와 지내면서 내 안의 불편한 것들을 걷어내기만 해도 훨씬 아이와 지내는 것이 편안해진다.

내 몸이 불편하고, 내가 해야 할 것에 방해를 받고, 어떤 유용함에 있어 손실이나 손해가 오고, 시간, 정력, 돈에 피해가 오는 것을 구체적인 영향으로 이야기한다면 아이도, 말을 한 나도 서로 이해하고 아이의 행동이 수정될 수 있다.

그리고 내 말을 전달하기 전에 아이의 말을 잘 들어 주는 것이 우선이다. 우리도 사람 관계에서 평소에 내 이야기를 잘 들어 주고 힘들 때 잘 위로해 주었던 사람이라야 나에게 불편한 이야기를 해도 들어 줄 마음이 생긴다. 전혀 그러지 않았던 사람이라면 아무리 옳은 말을 해도 듣기 싫고 그 사람의 바람대로 해 주고 싶지 않은 것이 사람의 자연스러운 심리다. 부모·자식 간의 관계에서도 이것은 동일하다. 내가 말하기 전에 평소 아이의 말을 잘 들어 주었다면 분명 아이도 부모의 바람대로 행동을 수정하려고 노력할 것이다.

4. 감사 전달

 돈을 어느 정도 모았으면 서랍에 넣어두지 않고 은행에 넣어두면 이자가 붙어 더 큰돈이 되듯이, 부모도 아이들과 좋은 관계일 때 가만히 있지 않고 그들과 좋은 추억도 쌓고, 그들에게 좋은 말, 평소의 고마움을 표현하게 되면 관계가 더 돈독해진다.

 평소 남매들끼리 종종 싸웠는데 오늘따라 다정하게 잘 지낸다든가, 스스로 해야 할 숙제를 잘 챙긴다든가, 게임 시간을 잘 지키면 이를 당연하게 여기지 말고 아이 스스로 규제하고, 잘 지내고, 잘 지켜간다는 것에 대해 감사함을 표현한다면 아이와의 관계가 한층 더 두터워질 것이다.

 "너희들이 잘 지내는 모습을 보고 있으니 엄마가 너희를 멋지게 잘 키웠다는 생각에 기분이 좋아진다. 감사해."

 "스스로 해야 할 숙제를 알아서 하니깐 엄마가 따로 점검해야 하는 번거로움이 줄어드니 감사해."

 "게임 시간을 알아서 잘 지키니깐 엄마가 게임 끄라고 따로 이야기하지 않아도 되니 좋아. 감사해."

 '나 전달'과 똑같이 상황과 그 상황이 나에게 미치는 영향을 넣은 문구에 "감사해."라는 말로 마무리하면 '감사 전달'이 된다. 부모교육을 처음 배웠을 때는 '반영적 경청', '나 전달'이 입안에서만 맴돌 뿐, 잘 안 되었다. 익숙해지기까지 많은 연습이 필요했다. 그런데 감사 전달은 쉽사리 따라 할 수 있었다. 특히 말은 좀 부끄럽고 쑥스러워도 글로 표현하는 것은 잘되었다. 카카오톡이 나에겐 관계의 큰 은인이다.

아이들, 남편, 시어머니, 친정 부모님, 형제들, 친구들에게 고마움을 표현하기 시작했다. 평소 고마움을 느꼈던 감정을 망설이지 않고 글로 표현하기 시작했다.

매일 아침 카카오톡 프로필을 쭉 훑어보면서 친구나 형제들에게 좋은 일이 있거나 변화가 있으면 안부도 묻고 함께 기뻐해 주고 축하해 주었다.

그리고 생일 때는 축하 메시지를 보내고, 누군가에게 고마운 마음이 생기면 고맙다는 표현도 하고, 커피 쿠폰을 선물로 보내기도 했다.

처음엔 "사랑해."란 말을 하는 것도 참 어색해서 글로 써도 잘 안 되었다. 하지만 카톡에는 다양한 이모티콘이 있다. 그것으로 마음을 표현한 지 몇 년이 지난 지금은 글만큼 말로도 표현이 자연스럽게 되었다.

감사 전달을 배우고 표현하기 시작했던 초창기에는 거의 매일 최소한 3명의 사람에게 카톡으로든 SNS 댓글로든 마음을 표현했다.

상대에게 "고맙다.", "사랑한다.", "축하한다." 등 긍정적인 마음을 표현하고 주었을 뿐인데 내가 더 행복해지고 좋은 기분이 생기니 지금까지도 그 마음 표현은 계속하게 된다.

분명 아침에 기분이 가라앉았다가도 좋은 말로 표현하게 되면 기분이 말처럼 좋은 기분으로 변하는 것을 느끼게 되니 표현의 매력에 빠졌다.

누군가와 차 한잔 마시며 만나든, 또 함께 시간을 보내면서 좋은 이야기로 그 시간을 채웠든 간에 함께 보낸 것만으로 감사함은 무궁무진하게 생겼다. 그리고 그런 감사함을 내 안에 마음으로만 머무르게 하지 않았다. 표현했다. 그렇게 한 해, 두 해 시간을 보내니 관계가 점점 더 두터워짐을 느낀다.

관계도 저축이 필요하다. 지금 서로의 관계가 좋다고 해도 그 관계가 영원한 것은 아니다. 누구나 처음의 좋은 관계에서는 표현도 잘하고 서로를 잘 챙긴다. 하지만 시간이 갈수록 그런 모습은 줄어든다. 서로 소원해지고 덜 표현하게 된다. 그런데 좋은 관계를 당연시하지 않고, 고맙거나 사랑스럽거나 좋은 일이 있을 때 축하하는 표현을 하면서 살아가면 관계가 좋아질 수밖에 없다.

또한, 사람은 늘 좋은 관계로만 지낼 수 없다. 분명 잘 지내다가도 부딪칠 일이 생기기도 한다. 그럴 때 평소에 저축을 많이 해놓은 관계라면 서로 부딪쳐도 이해의 폭이 넓어 큰 싸움으로 번지지 않는다. 반면 평소에 저축을 많이 해놓지 않은 관계라면 별것 아닌 것으로도 서로 오해하고, 큰 싸움으로 번지기도 한다. 그런 말도 있지 않은가?

"입맛인 사람은 뭘 해도 입맛이고, 밥맛인 사람은 뭘 해도 밥맛이다."

아이들과 지내는 부분에서도 평소에 표현을 많이 해 놓으면 아이도 엄마의 말을 더 잘 귀담아들을 것이다. 엄마가 힘들고 속상하다는 표현을 하면 들어 주고 싶은 마음이 생기는 건 자식의 당연한 마음이다.

부모인 우리도 평소에 좋은 표현을 많이 해 놓은 아이라면 그 아이가 잘못한 일이 생겨도 화가 나는 감정이 그렇게 하지 않았던 아이보다 크게 올라가지 않게 되고, 웬만하면 그냥 넘기거나 이해하게 되는 부분이 많아지는 것 또한 사람의 마음이다.

나는 이처럼 표현을 좀 더 하게 되면서 친정 부모님과의 관계가 더 돈독해졌다.

예전에는 친정 부모님에게 사랑한다는 표현을 정말 하고 싶은데 입으로 절대 나오지 않았다. 그런데 친정 부모님께 무수히 글로 사랑한다는 표현을 하다 보니 어느 날 "사랑해."가 드디어 자연스럽게 입으로도 나오기 시작했다. 이모티콘으로 무수히 보낸 서로 안아 주는 표현이 실제로도 친정에서 집으로 돌아오는 길에 아빠, 엄마를 껴안아 드리는 것으로 나타나기 시작했다. 처음엔 용기가 필요했다. 참 어색하고 부끄러웠다.

"아빠, 엄마에게 그런 표현을 하는 게 뭐가 어색해?"라고 말하는 사람도 있을 수도 있다. 그렇지만 그동안 워낙 표현에 익숙하지 못하고 표현하는 것을 낯부끄럽다고 생각하며 거의 스킨십 없이 보냈던 우리 집안에선 아주 큰 발전이다.

지금은 친정 부모님에 대한 사랑을 표현하고 싶을 때마다 카톡, 전화, 말 등 다양한 방법을 통해 표현한다.

내 아빠, 엄마는 남동생의 사업으로 인해 여러모로 꽤 긴 시간 동안 힘들어하셨다. 그럼에도 불구하고 이를 다른 각도로 바라보자고 제안해 드리고 싶었다. 그래서 부모님께 매일 감사 일기를 써 보자고 제안했다.

배우 김혜자 씨는 교도소를 방문해서 수감자들에게 매일 최소한 세 가지에 대해 1년 동안 감사 일기를 쓰면 삶이 달라질 것이라며 그들에게 감사 일기를 제안했다. 그렇게 꼬박 2년 동안 감사 일기를 썼던 사람이 교도소에서 출소했을 때, 그의 삶이 완전히 달라졌다는 이야기가 기사로 나온 적이 있다. 나는 그 기사를 보고 매일 세 가지씩, 1년에 1,000가지의 내용을 담은 감사 일기를 쓰기 시작했다. 예전엔 부정적인 시선이 더 컸다면 감사 일기를 오랫동안 쓴 지금은 긍정적인 시선이 더 많아졌다. 그렇게 감사 일기의 장점을 알고 난 후, 친정 부모님과 함께하는 카카오톡 대화방에서도 감사 일기를 쓰자고 제안해서 함께 쓰기 시작했다.

교도소에서 감사할 일이 뭐가 있을 것인지 의문을 갖는 사람도 있을 것이다. 그럼에도 분명 감사할 일은 어디에나 있다.

지금 힘들어하는 아빠, 엄마 또한 그럼에도 불구하고 감사할 일이 아주 많다.

우리는 평소에 그러한 감사를 잘 못 느끼고 당장 힘들어하는 것에만 관심을 두고 정말 죽을 것처럼 힘들어한다. 한데 잠깐 바라보는 각도를 살짝 바꾸기만 해도 '그럼에도 감사'할 일이 참 많다는 것을 감사 일기를 쓰면서 느꼈다. 지금은 우리 아이들, 남편과 함께 있는 가족용 카카오톡 대화방에서도 매일 감사 일기를 쓴다. 그렇게 보내니 여자아이인 둘째 아이가 얼마나 꼼꼼하게 감사 표현을 하는지, 그 표현을 읽으면서 내가 더 가슴이 뭉클해지고 그렇게 표현하는 딸에게 더 감사하다는 표현도 절로 하게 된다.

그리고 어제 아이들에게 잘못한 부분이나 혹 놓친 부분이 있다면 오늘 감사 일기 공간에 "미안하다."는 표현도 할 수 있고 "고맙다.", "사랑한다."와 같은 표현도 자연스레 할 수 있다.

남편과의 관계나 시어머니와의 관계도 글에서만 그쳤던 표현이 말로도 감사 표현이 가능해지니 너무나 감사한 마음이 생겼다.

아이들은 용돈을 받으면서 부모님에게 어느 때 선물을 사 드려야 하나 고민을 하는 것 같다. 고민하는 아이들에게 이야기했다. "엄마는 지금은 너희가 돈을 버는 것은 아니니 선물은 너희가 직접 돈을 벌기 시작하면 그때 챙기고 지금은 손편지(손으로 쓴 편지) 써 주면 안 될까?"

그렇게 시작한 편지가 어버이날, 생신날, 연말 크리스마스 때까지 쭉 이어졌다. 그래서 우리 가족은 서로 편지를 주고받는다. 물론 아이들은 함께 사는 할머니 그리고 외할아버지, 외할머니에게도 손편지를 챙겨 드렸다. 그리고 우리도 함께 서로에게 편지를 챙겨 주었다.

그랬던 손편지가 지금은 우리 가족만의 관례가 되었다. 아이들의 표현이 해가 거듭될수록 짙어지고, 편지를 읽으면 혹 아이들 때문에 속상한 일이 있던 것도 풀리게 된다. 역으로 아이들에게도 평소에 전하고 싶었던 것을 편지로 표현하게 되고, 함께 살면서 잘 못 챙겨 드리고 죄송스러웠던 부분을 어머님께 표현해 드리기도 하고, 진한 감사와 사랑의 표현을 친정 부모님에게도 해 드리고 있다.

손주들, 자식들에게 마음 표현을 받으시는 부모님들도 너무나 행복해하신다.

언제 한 번 편지를 안 챙겨 드린 적이 있었는데 왜 이번엔 주지 않느냐면서 살짝 서운해하신 것을 느끼고, 다음부터는 잊지 않고 지금까지 챙겨 드리고 있다. 아마 이건 평생 하지 않을까 싶다.

우리가 저축하는 이유는 평소 여유 자금을 모아 두었다가 나중에 유사시에 요긴하게 쓰기 위함이다. 돈을 저축하는 것 못지않게 인심을 저축하는 것도 중요하다. 저축해 놓은 인심은 내게 위기가 발생했을 때 그 빛을 발한다. 물론 물질적인 것으로 마음을 표현하는 것도 중요하다. 말만 하는가. 무언가 아쉬움이 있을 때도 있긴 하다.

하지만 사람들이 서로 평소에 글이든, 말이든 하고 싶었던 표현을 하고 산다면 얼마나 행복할까 싶다.

우리는 서로 관계로 인해 행복해지거나 불행해지기도 한다. 아무리 돈이 많고, 많은 것을 다 가지고 있어도 소중한 이들과의 관계가 틀어지면 행복하다고 느끼지 못하는 것이 우리네 삶이다.

부모님이 돌아가시면 살아계실 때 "사랑해."라는 말을 못해 드리고 보낸 것이 가장 후회된다고 한다. 나는 그렇게 후회할 일 없게 오늘도 표현한다.

"아빠, 엄마. 어머님. 사랑합니다."
"남편, 사랑해."
"중현아. 수연아. 사랑해."

5. 사춘기 자녀와의 소통

어느 날, 5학년이 된 둘째 딸아이가 "엄마. 나 틴트(Tint) 사고 싶어."라고 했다. 아이의 말로는 친구들도 틴트를 바르고 다닌다며 본인도 바르고 싶다고 한다. 벌써 내 머릿속은 부정의 말이 떠오른다. 우리 때는 대학에 가서 화장을 시작했다면 요즘 애들은 중학교에 들어가면서부터 화장을 시작한다. 그러하니 어차피 시작할 것인데 조금이라도 늦게 시작했으면 하는 마음에 '아직 이르다.'란 마음이 먼저 올라온다.

"틴트 바르고 싶어?"

"응. 틴트 바르면 예쁘게 보이는 것 같아. 나도 예뻐지고 싶어."

"수연이가 예뻐지고 싶구나. 근데 중학교에 올라가면 그때 시작해도 엄마 생각에는 빠르다고 생각되는데, 수연이는 이제 5학년인데 좀 더 있다가 시작하면 안 될까? 엄마는 수연이가 지금도 너무나 예쁜데."

다행히도 수연이와는 평소 관계 저축이 많이 되어서인지 이렇게만 이야기해도 엄마 말에 수용하는 눈치다. 그래도 완전한 수용은 아니다.

무언가 찜찜하고 미안한 마음에 "정말 틴트를 사서 바르고 싶으면 얘기해. 엄마가 좋은 것으로 사 줄게. 같이 쇼핑하자."라고 마무리를 지었다.

아이들이 사춘기에 접어들면서 가치관의 차이로 인해 아이들과 의견 충돌이 생길 일이 잦아진다.

스마트폰 사용 시간 관련 문제도 그렇고, 옷차림, 화장, 게임 등은 아이가 어렸을 땐 부모가 하지 않았으면 한다는 표정만 지어도 충분했다. 또 '나 전달'로 내 마음을 표현하면 아이들이 엄마 말을 잘 들어 주고 행동이 수정되었다.

그런데 사춘기가 되면서 아이들이 저마다 자신의 가치관이 생기고, 힘이 생기면서 더 이상 엄마 말을 들으려 하지 않는다. 더욱이 이젠 싫은 것은 싫다고 말하면서 행동을 바꾸지 않고 저항하게 된다.

부모들도 요즘 사춘기 아이들의 모습이 어떤지 알고 내 아이만 그러한 것이 아니라는 것을 깨닫게 되면 이해의 폭이 넓어질 수 있다. 고리타분하게 우리가 자라왔던 그때를 기준으로 삼고 아이를 규제한다면 아이들은 그런 부모와 소통하려 하지 않을 것이다.

나는 앞서 말했던 전화 상담 봉사를 통해 요즘 사춘기 아이들의 모습을 알 수 있었다. 다양한 학생들의 고민, 사춘기를 키우는 부모님들의 고민을 들어 주면서 요즘 아이들의 행동과 마음을 이해할 수 있게 되어 내 아이를 키우는 데도 많은 도움을 받았다.

그리고 아무리 이야기해도 아이들은 행동 수정이 잘 안 되는 부분도 있다는 것을 받아들여야 마음이 편안하다는 것도 알게 되었다. 한데 어렸을 때부터 부모가 아이의 마음을 잘 들어 주고 아이와 소통이 잘 되었다면 분명 아이가 사춘기가 되어도 부모의 말을 들어 주려고 할 것이다. 물론 그래도 사춘기 때의 아이들은 자신만의 가치관과 힘이 생기기 때문에 이 전보다는 분명 대부분 부모와 의견 충돌이 생길 것이다.

더욱이 아이들은 전두엽의 형성이 아직 덜 되어 있기 때문에, 부모가 화를 내면 감정적으로 무섭다는 생각을 먼저 한다. 부모님의 말씀을 이해하려 하지 않고 파충류의 뇌처럼 싸우거나 도망가려고만 한다.

사춘기 아이들을 키우면서 나 자신을 더 많이 들여다보게 된다.
요즘 유행에 뒤처진 생각을 하는 건 아닌지, 나 자신을 들여다보고 가치
관도 수정해 본다. 혹 그렇게 했음에도 아이의 행동이 정말 보기 불편하고
힘들면 기도를 해 본다.

"내가 변화시킬 수 없는 일들을 받아들일 수 있는 평온을 주시옵고 내
가 할 수 있는 일들을 변화시킬 수 있는 용기를 주옵시며 그리고 그 차이
를 알 수 있는 지혜를 주소서."

- 라인홀드 니부어(Reinhold Niebuhr)

"아이들이 당신 말을 듣지 않는 것을 걱정하지 말고, 그 아이들이 항상
당신을 보고 있음을 걱정하라."

- 로버트 풀검(Robert Fulghum)

중현이가 중학교에 올라가면서 아이의 목소리가 커지고 부모가 무슨 말
을 해도 자신의 가치관이 생겨 자기 생각대로 하려는 경향이 많이 생겼다.
달리 생각하면 참 좋은 현상이다. 어른이 되어가는 과정이다. 오히려 자기
생각 없이 초등학생 때처럼 부모가 하라는 대로 하면 그것 또한 걱정일 것
이다. 워낙 정해진 틀이 있고 해야 할 것이 많았던 내 모습이 있었기에 아
이에게 무언가를 말하기에 앞서 그런 것들을 조금씩 내려놓는 것이 더 우
선이었다. 그리고 아이에게 잔소리하지 않고 내가 살아가는 뒷모습을 보

여 주는 것이 먼저라는 생각이 들면서 아이에게 말하기보다는 오히려 더 부부 관계를 챙기면서 남편과의 시간에 더 할애했고, 내가 하고 싶은 일에 더 집중하게 되었다. 또한, 그러면서 함께 살아가는 어머님과의 모습을 아이가 보는 것도 꽤 큰 교육이라는 생각이 들었다. 얼마 전 〈시월드〉에서 손주들과 며느리, 할머니 이렇게 삼대가 나와서 이야기하는데 개그맨 표인봉 씨의 딸이 한 이야기가 있다. 해당 프로그램의 MC가 나중에 아빠와 엄마를 모시고 살 거냐는 질문에 표인봉 씨의 딸은 이렇게 대답했다. "아빠, 엄마도 할머니 모시고 살지 않는데 제가 왜요?" 그 솔직한 대답에 적잖이 놀랐다. 그러면서도 최소한 우리 아이들은 모신다는 말은 선뜻하지 않아도 "왜 모셔야 해요?"라는 말은 안 하지 않겠냐는 생각이 들었다.

어디로 나들이라도 나가면 꼭 할머니를 챙기는 아이들이다. 솔직히 365일 어머님과 함께 살고 있으니 나들이만큼은 며느리 입장에서 어머님을 신경 쓰지 않고 편하게 나가고 싶은데, 중현이와 수연이는 늘 할머니도 같이 가자고 챙긴다. 하물며 친정 나들이를 하러 갈 때도 할머니도 같이 가자고 하는 아이들이다.

센스 있는 어머님은 며느리의 마음을 아셨는지 거의 함께 여행을 가지 않으신다.

어렸을 때는 그런 아이들이 왜 저러나 싶었는데 지금은 아이들의 그렇게 바른 모습으로 자랐다는 것에 더할 나위 없이 감사하고, 할머니와 함께 살아서 가르치지 않아도 여러 가지를 배울 수 있다는 것에 감사함이 생긴다.

남편도 지금 하는 일을 그만두면 해야 할 것에 대한 자격증을 준비하고 있다.

또 나도 아들 덕분에 공부하게 된 부모교육을 공부에만 멈추지 않고 이제는 그것과 관련된 일을 하려고 한다. 아이에게 엄마로서 도서관에도 다니고 책도 읽고 각자 해야 할 일을 열심히, 성실히 하는 그런 뒷모습을 보여 주고 있다. 물론 나는 주부로서 해야 할 역할, 남편은 가장의 역할까지도 하면서 말이다.

그리고 매일 카카오톡 대화방에 감사 일기를 쓰고, 일주일에 한 번씩, 수요일 밤마다 모여 가족 토론 모임도 한다.

모임에서는 한 주마다 서로 돌아가며 자신이 선정한 책으로 이야기를 간단히 나누고, 책을 통해 배운 미덕으로 한 주 동안 각자 지내온 생활 속에서 행했던 미덕을 서로에게 칭찬하고, 다음 한 주 동안 노력하고 싶은 미덕을 필사해 보고, 가족 모두가 지켜야 할 울타리 미덕을 골라 본다.

서로에게 미덕으로 칭찬하고 칭찬받는 시간은 참 기분이 좋아지는 시간이다. 굉장히 대단한 사람인 것처럼 느껴지고 자존감이 한층 올라가는 시간이다. 내가 이렇게 느꼈을 정도이니 아이들의 기분은 어떠할까?

아이들은 이제 어렸을 때처럼 주말마다 나들이 다니며 함께 시간을 보내거나, 늘 거실에 나와 있거나, 엄마 뒤만 졸졸 쫓아다니며 놀자고 하는 시기는 지났다. 그래서 따로 이렇게 시간을 내지 않으면 속 깊은 이야기를 나누기가 쉽지 않기에 일정한 시간을 갖기로 했다. 그리고 종종 엄마와 산책하는 시간, 아빠와 농구 게임을 하는 시간, 목욕탕에 가는 시간, 1년마다 길게 한두 차례 모두 함께 3박 4일 동안 여행 다녀오는 시간 등을 통해 따로 정기적으로 함께하는 시간을 가진다.

아이들이 어렸을 때는 아이를 챙기고 재우느라 남편이랑 일주일 내내 별말조차 하지 못할 때도 많았다. 그럴 때도 일주일에 한 번씩 산책하며 양보다 질적으로 깊은 대화를 나누는 시간만으로도 충분히 남편과 소통이 되고 끈이 연결된 듯한 느낌이 들었다. 사춘기 아이들도 마찬가지다. 평소에 별말도 많이 못하고 각자 할 일 때문에 각자의 방에 있을 일이 많아도, 정기적으로 함께하는 시간을 통해 아이들이 충분히 건강하게 자랄 수 있다는 생각이 든다.

　분명히 아직도 내 기준이나 내 가치관으로 보았을 때는 아이들이 부족함이 있고, 이건 아니다 싶은 모습도 있지만, 그래도 이제는 그런 모습들을 '다름'으로 인정하려 한다. 아이들을 키워 가면서, 특히 아이들이 사춘기를 겪으면서 나 역시 '사랑'이 무엇인지 제대로 그 의미를 알아 간다.

　있는 그대로 사랑해 주기. 정답의 모습은 없다. 각각의 모습대로, 느리면 느린 대로, 빠르면 빠른 대로, 성향대로, 주어진 재능대로 그대로 인정받으며 살다 보면 각자 타고난 자신만의 몫, 그릇만큼의 역할을 하며 살아갈 것이다.

　하지만 아이가 자신의 모습을 있는 그대로 인정받지 못했다거나, 자신의 실력보다 과하게 인정받았다거나, 부족하다고 치부해 버리면 분명 그만큼 따라오는 상처와 결핍은 있을 것이다. 나는 그런 생각으로 사춘기 아이들의 모습을 있는 그대로 인정해 주는 것이 정말 중요하다고 생각한다.

　그리고 정말 사춘기 아이에게 말해 주고 싶고 가르쳐 주고 싶은 말은 아이들과 서로 관계가 좋아 함께 관계를 저축하는 시간에 하고자 한다. 맛있는 음식을 먹으면서 함께 토론하는 자리, 아이들과 같이 여행하는 자리, 아이들과 함께 운동하고 나서 함께 산책하며 이야기를 나누는 자리 등이라면 얼마든지 아이들도 그때만큼은 귀를 열고 부모의 이야기를 들을 것이다.

제4장

명품 인생을
위하여

1. 나를 믿어 주는 한 사람의 힘

가난하고 힘들었던 그 옛날, 자식을 통해 한을 풀고 싶었던 아버지는 자식을 대구에 있는 중학교로 유학을 보낸다. 하지만 아들은 공부하기 싫어 반 68명 중에서 68등을 하게 된다.

차마 그 성적표를 가지고 시골집에 내려갈 수가 없었던 아들은 성적표의 등수를 1등으로 고친다. 아버지는 초등학교도 다니지 않았기에 고친 성적표가 이상한지 당연히 알 수 없다고 생각했다.

대구로 유학 간 아들이 집으로 왔으니 친지들이 몰려와 "찬석이는 공부를 잘했더냐." 하고 물었다. 아버지는 "앞으로 봐야제. 이번에는 어쩌다 1등을 했는가배."라고 대답했다. 그 이야기를 들은 친지들은 부러워하며 말했다. "1등을 했으면 책거리를 해야제."

아버지는 가난한 살림에 한 마리뿐인 재산 목록 1호 돼지를 잡아 동네 사람들을 모아놓고 1등 기념 잔치를 열었다. 아들은 이쯤 되니 아버지를 속인 것이 너무 기막히게 일이 커져 아버지를 불렀지만, 차마 다음 이야기는 솔직하게 할 수 없었다. 이후 죄책감 탓에 죽어버리고 싶은 마음이 들어 물속에서 숨을 안 쉬고 버티기도 했다. 주먹으로 자기 머리를 내리치기도 했다. 충격적인 그 사건 이후로 아들은 달라졌다. 그로부터 17년 후 아들은 대학교수가 되었다. 그리고 그의 아들이 중학교에 입학했을 때 부모님 앞에 가서 33년 전의 일을 사과하기 위해 "어머니. 저 중학교 1학년 때 1등은요." 하고 말을 시작하려는데 옆에서 담배를 피우시던 아버지께서 "알고 있었다. 그만해라. 민우가 듣는다."라고 그의 말을 자르셨다.

자식이 성적을 위조한 것을 알고도 재산 목록 1호인 돼지를 잡아 잔치를 여신 부모님의 마음을 박사이자 교수이고 대학 총장이 된 그는 아직도 감히 알 수가 없다. 바로 경북대학교 박찬석 총장의 이야기다. 자식을 키우면서 가끔은 봐도 못 본 척, 알아도 모르는 척해 주는 지혜도 필요하다는데, 참 그러기가 쉽지 않다. 배움과 상관없이 배웠다고 더 지혜롭고, 배우지 못했다고 지혜롭지 못한 것은 아닌 것 같다.

한 어머니가 어린이집 모임에 참석했다. 어린이집의 선생님은 "아드님은 산만해서 단 3분도 앉아 있지를 못합니다."라고 말했다.

그런데 그 어머니는 집에 가서 아들에게 "선생님께서 너를 무척 칭찬하셨어. 의자에 앉아있는 것을 단 1분도 못 견디던 네가 이제는 3분이나 앉아 있다고 칭찬하셨어. 다른 엄마들이 모두 엄마를 부러워하는구나."라고 이야기했다. 그날 아들은 평소와 달리 밥투정을 하지 않고 밥을 두 공기나 뚝딱 비웠다. 시간이 흘러 아들은 초등학교에 입학했다. 어머니가 학부모회에 참석했을 때 담임 선생님은 "아드님 성적이 몹시 안 좋아요. 검사를 받아 보세요."라고 말했다. 그 말을 들은 어머니는 눈물이 왈칵 쏟아졌다. 그래도 집에 돌아가서는 아들에게 이렇게 말했다.

"선생님께서 너를 믿고 계시더구나. 넌 결코 머리 나쁜 학생이 아니래. 조금만 더 노력하면 이번에 21등 했던 네 짝도 제칠 수 있을 거라고 하셨어."

어머니의 말이 끝나자 어두웠던 아들의 표정이 환하게 밝아졌다. 훨씬

착하고 의젓해진 듯했다. 아들이 중학교를 졸업할 즈음에는 담임 선생님이 어머니에게 "아드님 성적으로는 명문 고등학교에 입학하는 것은 좀 어렵겠습니다."라고 말했다. 어머니는 교문 앞에서 기다리던 아들과 함께 집으로 돌아가며 이렇게 말했다. "담임 선생님께서 너를 무척 자랑스럽게 생각하시더라. 네가 조금만 더 노력하면 명문 고등학교에 들어갈 수 있다고 하셨어."

결국 아들은 끝내 명문 고등학교에 들어갔고, 뛰어난 성적으로 학교를 졸업하게 된다. 그리고 아들은 명문 대학교 합격통지서를 받았다. 아들은 대학 입학 허가 도장이 찍힌 우편물을 어머니의 손에 쥐어 드리고는 엉엉 울며 말했다. "어머니. 제가 똑똑한 아이가 아니라는 건 저도 알아요. 어머니의 격려와 사랑이 오늘의 저를 만드셨다는 걸 저도 알아요. 감사합니다. 어머니."

범죄 심리 분석가이자 지금은 국회의원으로 재직 중인 표창원 씨의 실화다.

나를 믿어 주는 한 사람의 힘으로 박찬석 총장도, 표창원 씨도 달라진 모습을 보면서 그 힘이 얼마나 대단하고 중요한지 깨달았다.

어느 날 친구가 나에게 이렇게 말했다. "난 네가 모임에 나오지 않으면 나도 괜히 나가기 싫더라." 그 말이 나에게 왜 이렇게 힘이 되고 나란 존재에 대해서 다시금 실감하게 됐는지 모르겠다. 엄청 힘을 주었던 그 말을 나는 지금까지도 잊을 수 없다. 예전에는 속상하거나 내 뜻대로 되지 않는 일이 있으면 바로 친구에게 전화를 걸어 그 속상함을 다 이야기하고 풀었다면, 이젠 그러지 않는다. 우선 나만의 시간을 가지면서 나만의 속상함을 푸는 방법을 사용하거나 또는 글쓰기를 통해 내 생각을 정리한다. 그리고 버려야 할 것은 버려서 생각을 단순화한다.

그리고서 친구에게 전화를 건다. 그렇게 하면 내가 정리한 생각들을 쭉 펼쳐 수많은 이야기를 할 수 있다. 이야기하다 보면 다시 마음이 정리된다. 어떨 때는 그 친구가 더 나은 팁을 주기도 하고, 무엇보다 내 마음을 알아주고 위로해 준다. 늘 내 편이 되어 주는 친구. "나라면 더 했겠다. 너 니깐 그만큼이지." 이렇게 말해 주는 친구의 말이 참 많이 위로가 된다. 물론 그 위로를 받다 보면 내 마음이 다 풀리고 그 문제에 대한 이성적인 판단을 내릴 수 있게 된다.

남편을 만나 결혼할 때, 우리 부모님은 다른 것보다 양 부모님이 살아계신 집으로 시집을 보내고 싶어 하셨다. 그래서 남편의 아버지가 일찍 돌아가셔서 어머니 혼자 아들을 키운 집이라 반대하실 줄 알았는데, "난 내 딸을 믿는다. 내 딸이 선택한 남자라면 엄마도 좋다."라고 말씀해 주셨던 엄마다. 어렸을 때부터 지금까지 무슨 일을 하고 선택하는 데 있어서 무조건 딸을 믿어 주신 엄마 덕에 그 힘이 살아가면서 얼마나 큰지 느낀다. 기독교에는 한없이 믿어 주시는 하나님이 있고, 불교에는 부처님이 있듯, 나에겐 한없이 나를 믿어 주는 엄마가 있다. 늘 엄마가 나를 지켜 주고 함께하고 있다는 생각에 마음이 든든하고 무서울 게 없는 당당함이 생긴다.

물론 이런 나에게도 힘든 시간이 분명 있다. 종종 힘들다고 느껴지기도 한다. 하지만 내 회복 탄력성은 분명 남들보다 크다. 힘들다가도 언제 그랬냐는 듯 금세 일어나는 그 힘, 그 힘의 바탕에는 나를 믿어 주는 엄마와 친구의 힘이 있다. 나는 그 힘으로 아이들을 보살핀다.

나는 지금도 일주일에 몇 차례씩 자주 엄마와 통화한다. 그리고 미주알 고주알 친구와 통화하듯 이야기한다. 어느 날은 아이와 부딪치게 되어 속 상한 마음을 엄마에게 이야기했다. 엄마는 내 마음을 충분히 알아주시고는 이런저런 지금의 상황에 맞는 이야기를 들려주시면서 내 마음을 달래 주었다. 그리고선 늘 끝에 하시는 말씀이 있다. "너만큼 하는 엄마가 어디 있니? 내 딸은 충분히 잘하고 있어." 그 말을 듣는 내 마음에는 대단한 힘이 생긴다.

그러고 아이를 만나면 속상했고 불안했던 마음은 저 멀리 날아가 버리고 어느새 기분 좋게 아이를 대하고 만날 수 있다. 그것은 분명 나를 믿어 주는 그 한 사람의 힘이다.

박동규 작가는 장남으로 태어나 피난길에서 쌀자루를 메고 걸어가게 되었다. 어머니는 동생들을 업고 보따리를 이고 갔다. 가는 길에 한 청년이 그에게 쌀자루를 대신 들어 주겠다고 했다. 그 당시 아홉 살이었던 박동규 작가는 고맙다고 절하고 쌀자루를 건넸다. 그 청년의 발걸음이 어찌나 빠르던지, 청년을 쫓아가자니 뒤따라오는 어머니를 잃을 것 같아 결국엔 쌀자루를 돌려달라고 이야기했다. 그랬더니 청년은 줄행랑을 쳤다. 도둑이었던 것이다. 쌀자루가 없어진 채 길 위에서 울고 있는 박동규 작가를 보고 그의 어머니는 얼굴이 노래졌다. 그래도 사정을 듣고 나서는 "내 아들이 영리하고 똑똑해서 어미를 잃지 않은 거야. 참 다행이고 고맙다. 내 아들아."라고 말해 주셨다.

아들을 믿어 주는 그 한 사람의 힘. 어머니의 한마디가 아들의 인생을 만들었다.

60년 넘게 살아오신 친정엄마는 내게 이런 말씀을 해 주셨다. "내가 그동안 자식을 이만큼 키워 봤고, 주변에 커온 자식들을 보아하니 그 어느 것보다 마음의 힘만 있으면, 꼭 대학을 나오지 않아도, 뭘 제대로 할 줄 몰라도 자신의 타고난 몫대로 만족하며 성실하게 바르게 살아가더라. 자존감, 그것이 제일 중요하다."고 말씀해 주셨다. 과연 내 아이들에게 난 어떤 엄마일까?

　매일 아침 멋진 손주라고 불러 주시고, 손주들이 뭘 입어도 멋있다고 하고, 잘하고 있다고 하시면서 전적으로 그들의 편이 되어 주는 할머니의 사랑을 보면서 많은 것을 느낀다.

　혼날 땐 혼내더라도 무한적으로 믿어 주는 그 힘, 있는 그대로 이해하고 수용하는 사랑을 바탕으로 믿어 주는 그 힘이 무엇보다 가장 중요하다.

2. 있는 그대로 사랑하기

　부모교육 강사 과정까지 배워가면서 누군가의 앞에서 시연할 일이 많았다. 전업주부로 10년의 세월을 보내다가 밖으로 나가게 되니 누군가의 앞에서 형식과 주제에 맞게 이야기하는 것은 쉬운 일이 아니었다. 어느 날은 준비할 시간도 주지 않은 채 갑자기 사람들 앞에서 자기소개를 5분 동안 하라는데 무슨 이야기를 어떻게 시작해야 할지 머릿속이 하얗게 되기도 했다. 다른 선생님들부터 시작한 스피치(Speech)가 여러 명을 지나 드디어 내 차례가 되었다. 어찌어찌하여 자기소개는 하고 들어왔으나 그때의 긴장감은 지금도 기억이 날 정도다. 그런데 다른 선생님들은 하나도 긴장하지 않고 마치 미리 준비해 온 듯 너무나 잘하는 것처럼 보였다. 집으로 돌아오면서 긴장하여 횡설수설했던 나 자신을 자책하고 '다른 사람들이 나를 어떻게 생각할까?'란 생각에 참 많이 괴로워했다.

　예전의 나는 늘 이상적인 나의 모습을 그리며 살았다. 어렸을 때부터 반 1등을 놓치지 않고 선생님과 부모님의 칭찬을 받으며 살아왔던 내 모습을 내 안에 그려 놓고 그 모습에 닿으려고 지금 현실에 만족하지 못하고 더 노력하며 살았다. 백조가 겉은 우아해 보여도 물속에서는 엄청난 자맥질을 하듯, 나 역시도 부단히 노력하며 살아왔다.

지금 모습만으로도 만족하며 부족한 모습에는 '그게 나야'라고 그대로 인정하며 살아도 충분히 괜찮은데, 내가 무슨 특별한 존재이고 대단한 존재인 양 그렇게 하지 못했다. 이런 갑작스러운 스피치는 당연히 못할 수도 있다. 떨리는 그대로 솔직하게 이야기하며 편안하게 말했으면 좋을 텐데 잘해야 한다는 강박으로 더 떨고 더 어색하게 했다. 그때 함께했던 선생님들은 평소 앞에서 이야기하는 기회가 많은 지금은 현장에서 일하는 선생님들이 대부분이다. 그분들의 그런 모습도 인정하고, 그분들과 비교하며 나 스스로 위축될 이유는 없었다.

그렇게 나 자신을 있는 그대로 인정하지도 못했고, 더 잘하려고 애쓰고 지금에 만족하지 못하는, 늘 부족함을 자책하는 나였다.

그런 나였기에 아이를 갖고 직장을 그만두면서부터는 이상적인 나의 모습에 부합하기 위해 엄마로서 해야 할 역할도 최고로 잘하고 싶었고, 그러려면 내 아이를 모든 분야에서 자랑거리로 만들어야 한다고 생각했다.

그렇게 내 욕심대로, 내 바람대로 아이가 커 주면 좋겠지만, 인생은 그렇게 호락호락하지 않았다.

더욱이 그러한 마음으로 아이에게 다가가니 아이와의 소통이 잘되지 않았다.

그리고 무엇보다 우선 내가 행복하지 않았다. 내가 건강하지 않았다. 내 자존감이 높지 않았다.

아무리 좋은 소통 기술을 머릿속으로 알고 있어도 내 표정과 말투와 행동은 이를 부정한 채로 말로만 이야기하는 건 아이도 금세 눈치채는 것 같았다.

소통 이론 중의 하나인 '메라비언의 법칙(The Law of Mehrabian)'에서도 소통에 있어서 비언어적인 메시지로 의사 전달의 93%가 이루어지고 언어적인 메시지는 의사 전달에서 7%의 비중만 차지한다고 한다.

나는 말로는 아이를 수용하는 것처럼 보여도 눈빛, 표정, 말투는 아이를 진정으로 수용하지 않았다.

누구나 '스위트홈(Sweet home)'에 대한 소망이 있다. 스위트홈은 말 그대로 가정에서 좋은 부모, 좋은 자식, 좋은 아내, 좋은 남편과 같은 보편적인 인간상의 틀을 정해놓은 것이다. 혹 그 틀에서 벗어나면 아이가 잘못 클 거라는 불안 속에서 후회하고 반성하며 살아간다. 한데 이런 말이 있다.

"유년 시절의 상처로 무기력해지는 것이 아니라 상처는 극복해야 한다."

삶에는 좋은 일이 있으면 좋지 않은 일이 있고, 반대로 좋지 않은 일이 있으면 좋은 일도 생기기 마련이다. 삶은 단선적이지 않으므로 상처도 스펙처럼 쌓여 새로운 길을 열어줄 것이다.

아이들이 조금만 잘못해도 내 탓 같았고, 아이들이 실수나 실패를 하면 불안했고, 가족이라는 이유로 아빠와 엄마로서 해야 할 역할에, 또 남편과 아내로서 해야 할 역할에 충실하려고 애썼던 나. 그 기준에 못 미치면 잘못 살아가고 있다는 생각에 속상할 때가 있었다.

하지만 그 틀이 정답의 틀도 아니거니와, 그 틀대로 가지 않는다고 해서 잘못된 것도 아니다. 실수나 실패, 상처 속에서 또 다른 시선이 생기고 그로 인해 배움이 있을 수 있다는 말이 참으로 위로가 된다.

결혼 생활을 하면서 부부는 싸울 수도 있다. 물론 부부가 늘 잘 지내는 모습을 보며 자란 아이는 늘 집에서 천국의 경험을 하는 것이라고 한다. 하지만 부모가 싸우는 환경에서도 일찍 철이 들어 부모를 위해 주는 자식이 있다.

사업으로 인해 빚이 많은 가정을 위해 뭐든 도전하며 살아가는 자식, 바닥까지 내려가 봤기에 뭐든 할 수 있다는 용기로 집안의 빚을 다 갚고도 집을 위해 헌신할 수 있는 그런 자식이 있다.

친구들 사이에서 소외되어 힘든 학교생활을 했던 친구가 있다. 그런데도 오히려 훗날 소외되는 친구의 마음을 진정으로 헤아리는 배려심 많은 아이가 되어 상대의 마음을 잘 알아주는 그런 아이로 자라기도 한다.

우리가 아이를 완전하게 키워야 한다는 생각은 욕심이고 반드시 그렇게 키울 수는 없음을 인정해야 한다.

아이가 부모의 바람대로의 모습으로 커 주지 않아도, 혹 지금의 내 모습이 완전한 모습이 아니어도, 어떠한 모습이 좋고 나쁨의 모습이라고 규정지을 수는 없다. 누가 봐도 나쁜 모습이라 해도 그것이 훗날 불행으로 반드시 이어지고, 누가 봐도 좋은 모습이라 해도 그것이 훗날 행복으로 반드시 이어진다고도 장담할 수 없다.

내 생긴 모습 그대로, 내 아이를 대하는 성격 모습 그대로, 남편을 대하는 모습 그대로, 내가 살아가는 모습 그대로 나를 인정해 주었던 신랑.

엄마로서 부족한 모습투성이였지만, 내 아이를 있는 그대로 수용해 주고 인정해 주었던 윤정이.

힘들 때마다 내 마음을 알아주고 깨끗하게 정화할 수 있도록 나의 상담사 역할을 해 준 지은 언니.

가장 부족했고, 가장 힘들었던 시기에 그들의 사랑 덕에 나는 조금씩 변하기 시작했다.

"내가 바꿀 수 있는 건 나밖에 없다."라는 말이 있다.

아이는 그 누구도 바꿀 수 있는 내 소유물이 아니다. 있는 그대로 아이의 모습을 인정하고 나의 믿음과 인정으로 자기의 크기만큼 자라서 언젠가는 내 곁을 떠나리라는 것을 받아들여야 한다. 그리고 내가 좋아서 해주고 그것을 고스란히 받은 아이는 대가 없는 사랑으로 자존감을 키워나가 세상 어디에도 없는 자기편이 있다는 사실을 가슴에 품고 이 세상을 용기 있게 잘 살아가게 하는 것이 부모의 역할이라고 한다.

사랑을 받고 내가 이를 채워야지만 그 사랑을 다시 고스란히 전해줄 수 있음을 느낀다.

예전에는 남들과의 비교 속에서 만족하지 못하고 늘 더 많은 것을 요구하며 살았고, 여러 콤플렉스 속에서 그것을 없애기 위해서 다른 것으로라도 만족하려고 더 많은 욕심을 내며 보냈던 수많은 시간이 있었다. 그 속에서 아픈 아이를 만났고, 그러면서 교육과 사람과 사랑의 힘으로 깨달은 것이 있다.

바람대로 모든 것이 이루어지면 너무나 좋으련만 삶은 그렇게 호락호락하지 않았다. 그렇게 되면 지금 내가 가진 소중한 것을 어쩌면 놓칠지도 모른다는 생각, 지금의 모습을 그대로 인정하고 받아들이며 부족한 부분을 조금씩 채워나가며 살아가는 삶, 모든 것에 완벽할 수 없다는 진리를 받아들이는 삶, 열등한 부분이 있으면 나만의 강점 또한 있음을 알아차리는 삶, 그렇게 삶을 대하는 자세가 중요함을 느낀다.

누가 봐도 힘든 상황인데 이를 유연하게 받아들이는 사람이 있는 반면, 그다지 힘들어 보이지 않는 상황에도 거의 무너지고 포기한 삶을 사는 사람도 있다.

나는 여러 가지 삶의 경험을 통해 삶을 대하는 자세들을 얻고 깨달을 수 있었다.

중현이 덕분에 내가 그동안 살아왔던 삶을 바라보는 자세나 각도가 많이 잘못됐음을 뒤늦게야 깨달았고, 무엇보다 있는 그대로 인정받고 수용받을 수 있는 '사랑'의 힘이 얼마나 중요한지 깨닫게 되었다.

3. 그럼에도 감사하고 행복하기

"대단한 코스 요리는 아니어도 소박한 밥상과 함께 마음 맞는 이들과 소통하는 시간이 행복합니다."

"대단한 명소에 가지 않아도 근처의 사계절을 느낄 수 있는 곳에서 마음 맞는 이들과 두런두런 이야기 나누며 산책하는 시간이 행복합니다."

"가끔은 새로운 곳, 가보지 않은 곳, 늘 가던 길이 아닌 새로운 길로 가서 길을 채우는 맛도 행복합니다. 가끔 영화를 보며, 함께 책을 읽으며, 문화 공연을 즐기며 그런 것들을 함께 공유하고 나눠 보는 시간이 행복합니다."

누군가가 나에게 "너는 무엇을 할 때 행복하니?"라고 묻는다면 이렇게 답하고 싶다.

나는 글 쓰는 것을 좋아해서 나만의 일기장에도 거의 매일 일기를 적지만, 타인들이 보는 블로그라는 공간에 소소한 일상 가운데서 소소하게 느끼고 생각했던 것들을 글로 남기는 것도 좋아한다. 그러다 보니 오늘은 어떠한 주제로 글을 쓸까 고민하면서 내가 하는 어떠한 활동이든 그 순간에 좀 더 집중하게 되고, 내 것으로 만들려고 하는 마음이 더 커졌다.

그런 점들이 습관이 되다 보니, 글쓰기 덕분에 이젠 소소한 것들도 그냥 지나치지 않고 의미 있게 바라보는 시선을 선물로 받았다.

정신과 의사 문요한은 행복에 관한 정의를 세 가지로 이야기했다.
지금 이 순간 행복하게 지내는 것이 행복이고,
사람과의 관계에서 얻어지는 것이 행복이고,
기꺼이 스트레스를 받아들일 때 행복이라고 말했다.

송년회 모임에서 모두에게 질문했다. "언제 행복하세요?"
카멜레온 언니는 이렇게 답했다.
"네 식구가 소파에 쪼르륵 앉아 한 이불 덮고 깔깔대며 〈개그콘서트〉
를 시청할 때 행복해. 그리고 고기를 좋아하는 우리 식구가 특별한 대화
를 나누지 않고도 거실에 온 식구가 둘러앉아 고기 구워 먹을 때도 행복
해."
친정 부모님에게 집을 사 드리고 그 집안을 백화점에서 산 좋은 가구로
채워 드릴 수 있을 정도로 대단히 잘살았던 언니네가 사업상의 위기로 지
금은 그때보다 작은 평수의 집에서 산다.
그때 졌던 빚을 근 15년 동안 갚았다고 한다. 다행히 형부가 좋은 조건
으로 바로 직장에 다니게 되었고, 전업주부로만 있던 언니도 일하기 시작
하여 함께 돈을 벌어 아끼고 아껴 큰 액수의 빚을 갚았다고 한다. 비록 이
전에 비해 여유롭지는 않지만, 대신 언니네 부부는 큰 것을 하나 얻었다.
바로 부부 관계와 삶을 바라보는 시선이 달라졌다는 것이다. 그 언니네
의 부부 관계는 나의 멘토이다. 너무나 힘들었던 시간 동안 남편을 믿어
주고, 기다려 주고, 함께 열심히 살아왔기에 가능한 서로를 향한 촉촉한
눈빛, 신뢰, 믿음, 사랑 등. 결혼 20년 차 부부에게서 보기 힘든 달콤하고
애틋한 언니네 부부 사이를 보면 '언니 부부처럼 살아가고 싶다.'는 마음이

절로 생긴다.

언니는 매사 어디를 가나 무슨 일을 만나든, 긍정적인 시선으로 이를 바라보고 작은 것에도 매사에 감사한다.

그러니 절로 행복이 넘친다. 분명 먹는 것, 입는 것, 다니는 곳, 누리는 것, 쓰는 것은 다 이전보다 부족하지만, 언니는 지금이 훨씬 더 행복하게 보인다.

그 생각을 언니에게 표현하면 언니는 이렇게 말한다. "아무리 지금 많은 것을 보게 되고, 느끼게 되고, 알게 되고, 행복해졌지만, 너무나 힘들었던 그동안의 시간은 다시는 겪고 싶지 않다."

하지만 난 언니를 보면서 느낀다. 그러한 시간을 겪으면서 많은 이를 수용해 주고 공감해 주는 '인간 이해에 대한 폭'도 넓어졌다. 그래서 언니 주변의 참 많은 사람이 언니를 좋아하고 있다. 아마도 언니의 말에서 습관적으로 나오는 매사 '감사'라는 표현이 사람을 끌어당기는 힘이 아닐까 싶다.

이해인 수녀님은 "가장 부럽게 생각하는 사람은 어떤 경우에도 밝은 표정, 밝은 말씨를 지녀 옆 사람까지도 밝은 분위기로 이끌어 줄 수 있는 사람이다."라고 말한다.

어려운 처지에 놓여 있음을 이쪽에서 훤히 알고 있는데도 여전히 밝고 고운 말씨의 사람. 그의 이야기를 들으면 무슨 특별한 비결이라도 있느냐고 묻고 싶어질 만큼 부러운 사람이라고 말한다.

큰아이가 돌 때부터 알고 지낸 친구 엄마인 지은 언니가 있다. 함께 아이를 키우면서 힘들었던 이야기를 서로 시시콜콜 나누며 지낸 언니다. 벌써 알고 지낸 지가 15년이 되어 가는데, 그녀는 그때부터 지금까지 나에겐 상담사 같은 사람이다. 무슨 말을 미주알고주알 하지 않아도 대략 듣고 나면 벌써 내 마음을 꿰뚫고 시원한 이야기를 술술 해 준다. 원래 모든 대화의 기본은 경청이고 잘 들어 주다 보면 해결안은 말한 사람의 마음속에 있다고 하는데, 지은 언니는 달랐다. 잘 들어 주면서 이야기를 한껏 해 주는데도 언니의 이야기를 듣다 보면 내 마음이 스르르 풀리면서 다시금 잘 해 보고 싶다는 힘이 생긴다. 그렇다고 그 언니가 나를 무조건 지지해 주고, 잘하고 있다고 하며 힘이 날 만한 위로의 말만 하는 것은 아니다.

내가 겪고 있고 힘들어하는 상황과 닮은 이야기, 이미 여러 경험을 겪은 언니의 삶에 대한 이야기를 듣다 보면 나도 모르게 위로가 된다. 어렸을 때부터 평탄하지 않게 살아온 삶이 언니를 그렇게 단단하게 만들었고, 이 경험을 통해 주변인들에게 많은 힘을 주며 그렇게 잘 살아가는 언니다.

하지만 언니는 남편과 사이가 좋지 않았다. 결국엔 최근에 이혼했고, 아이 둘을 키우면서 살아가고 있다. 누가 봐도 힘든 상황인데도 그 상황을 온전히 받아들이며 씩씩하게 긍정적으로 살고 있다. 더욱이 이혼하기까지 남편과 힘든 상황을 보냈지만, 아이들에게만큼은 지금도 여전히 아빠의 위신을 확실하게 세워 주는 참으로 지혜로운 언니다. 그런 언니 아래서 아이들은 너무나 건강하게 잘 커가고 있다. 불만을 토로하고 얼마든지 세상을 원망하며 살아갈 수 있을 텐데, 그와 반대로 오히려 남편이 있고 많은 것을 가지고 있는 이들보다 긍정적인 시선으로 잘 살아가고, 작은 거에도 매사 감사해하고 이를 표현하며 사는 언니다. 그러다 보니 주변에 좋은 분들이 많이 생기고, 챙겨 주는 분들도 많이 생기면서 언니는 활력 있게 웃으며 행복하게 잘 지내고 있다.

나는 결혼 전보다 결혼하고 나서 더 행복하다. 분명 삶의 힘듦을 무게로 재 본다면 지금이 훨씬 더 무게가 많이 나갈 것이다. 여러 역할, 바람대로 되지 않은 것에서 오는 힘겨움, 특히나 아픈 아이를 키우면서 지나친 욕심으로 힘들었던 시간 등은 분명 힘들었지만 이를 경험하고 겪으면서 소소한 일상도 당연함이 아니라 감사함으로 바라보게 되었다. 그러면서 오늘도 건강하게 하루를 시작할 수 있는 것도, 가족이 건강하게 곁에 함께 있는 것도 당연함이 아닌 감사가 되었다. 그러면서 행복해진다.

하나님은 이런 말씀을 하셨다.

"누구에게나 똑같은 십자가를 준다. 하지만 누구는 행복하게 웃으면서 가볍게 안고 살고, 누구는 쇳덩어리처럼 무겁게 짊어지고 산다."

누구의 고통이든 간에 고통의 무게는 똑같다. 다른 사람의 고통은 가벼워 보이는데 왜 나의 고통은 이렇게 무겁고 힘드냐고 생각하지 말라는 뜻이기도 하고, 나에게 가장 알맞고 편안한 십자가는 지금 내가 지고 가는 십자가라는 뜻이기도 하다.

이를 받아들일 수 있는가. 나는 살면서 이것이 얼마나 중요한지 알아간다. 그리고 삶을 바라보는 각도, 자세, 시선들은 그냥 생기지 않는다. 신이 있기에 삶이 공평하게 느껴진다. 무슨 일을 겪을 때마다 선물처럼 주시는 삶을 바라보는 시선의 폭이 넓어졌다.

그러다 보니 힘든 일을 만났을 때는 하늘을 원망할 때도 있었지만, 이제는 그다음에 이로 인해 꼭 깨달음이라는 선물이 있다는 것을 알게 되어 참 행복해졌다.

내 집이 생긴다면, 내가 원하는 대학에 들어간다면, 원하는 직장에 들어간다면, 신랑이 승진한다면, 이만큼의 돈만 생긴다면, 다이어트를 열심히 해서 예뻐진다면, 엄청 행복할 것 같지만, 막상 그것들이 이루어지면 그 기쁨은 그때뿐이고 더 욕심을 내는 자신을 만나게 될 것이다.

〈효리네 민박〉이라는 TV 프로그램에서 이효리는 이렇게 말한다.

"가수로서 성공만 하면 아주 행복할 줄 알았어."

남편인 이상순도 말한다.

"군대 제대하면 행복할 줄 알았어."

이루어졌으면 하는 것에만 집착해서 주변도 둘러보지 않고, 느끼지도 못하고 그것만 향하여 가는 삶. 그런 삶이 아니라 이루어졌으면 하는 것을 향해서 이를 이루어 나가는 매일의 시간을 소중히 여기고, 그 시간을 온전히 느끼며 '오늘'을 잘 보내는 그런 시간들의 누적이 바로 행복이다.

자식을 고등학교에 입학시키고 2년 364일 동안 걱정으로 시간을 보내고 대학에 붙었다는 소식이 들리는 그 하루만 기뻐할 것이 아니라, 3년의 세월 동안 하루하루를 신이나 자연의 섭리에 턱 맡기고, 바로 내 앞에 앉아 있는 사람들과 소소함을 느끼며 이를 표현하고, 그날그날 일어나는 상황에 최선을 다하며 나에게 주어진 일에 충실한 오늘의 삶. 당연함이 아닌 감사함으로 살아가는 삶.

그런 삶이 행복이다.

4. 나누며 살아가는 삶

　대부분의 사람은 돈이 풍족하게 살 수 있을 만큼 생기면 주변을 둘러보고, 나누고 베풀며 삶을 살아가기를 원하지만, 실상 그만큼의 자리에 오르게 되면 더 욕심을 내고 돈을 움켜쥐려고 한다. 하지만 세계 1위 도시락 회사의 대표, 김승호 CEO는 예외다. 돈에 있어서는 구속받지 않을 정도로 무한한 자유를 느끼는 그는 그러면서도 그랜드 피아노를 사거나 스포츠카를 사는 것보다 부모님의 오랜 친구분들을 초대해 모셔오거나 조카나 친구들을 초대해 여행시켜 주는 일이 훨씬 재미있고 보람 있다고 말한다. 또한, 직원들에게 동종 업계의 다른 회사보다 훨씬 나은 대우를 해 주고, 일을 잘하는 직원에게는 외제 차로 확실하게 보상도 해 줄 줄 아는 삶을 산다. 자신만 잘 사는 삶이 아니라 직원과 가족들에게 나누며 더불어 사는 것을 실천하는 분이다.

　돈이 원하는 만큼 생기면 오히려 나눔이 되지 않아 주변의 가족, 친구들과 멀어져 헛헛하고 외로운 삶을 살아가는 분들이 대부분인데, 김승호 CEO는 나눔을 실천하다 보니 오히려 반대로 가족, 친구, 인간관계가 원만하고 좋아져 너무나 행복해서 오늘 죽어도 여한이 없다고 말한다.

평생을 밭농사로 힘들게 살아오신 나의 큰이모부, 큰이모에 관한 이야기다. 어렸을 적 이모네로 놀러 가면 종일 밭에 나가 일하시다 깜깜할 때 들어오셔서 서둘러 저녁을 준비하시던 두 분의 모습이 기억난다. 그동안 열심히 살아오신 것에 대한 보상인지, 밭농사를 짓던 지역이 신도시가 되면서 큰 액수의 보상금을 받으셨다. 몇 년 전 큰이모부 내외는 형제, 조카들을 모두 부르셔서 거대한 뷔페 못지않게 잘 차린 음식을 대접해 주셨고, 형제분들 모두에게 봉투를 하나씩 건네셨다. 비록 집을 살 만큼 큰돈은 아니었지만, 적은 돈이라도 나눠 주시는 그런 모습이 마음 한편에 깊은 감동으로 다가왔다.

또한, 한 이모에게는 전세 자금만큼의 돈을 주셔서 감동 그 자체였다.

그때 마음속으로 다짐했다. '나도 큰이모부와 큰이모처럼 소중한 이들에게 나누면서 사는 삶을 살고 싶다.'

돈이 그만큼 생기거나 내가 이만큼 성공하게 되는 날이 어쩌면 영영 오지 않을 수도 있다. 그때까지 기다리다가는 어쩌면 평생 누군가에게 베풀고 나누는 삶을 못 살고 이번 생을 마감할 수도 있다. 그런데 나는 주변의 지인분들을 통해 나눔이 어떤 것인지 배우게 되었다.

선영 언니는 가끔씩 반찬을 만들 때 원래 하는 양보다 조금씩 양을 더해서 그 반찬을 챙겨다 준다. 음식 솜씨가 없는 나는 그날의 식사는 언니의 반찬과 그 속에 담긴 사랑 덕분에 꿀맛으로 밥을 두 공기나 먹게 된다.

좋은 일이나 고마운 일 등 무슨 일이 있을 때마다 잊지 않고 선물과 편지, 혹은 맛있는 밥 한 끼로 마음을 표현해 주는 인영 언니는 늘 한결같은 마음으로 고마움을 표현한다.

농사일이 천직이라 생각하며 시골에서 농사를 짓는 고모네 오빠, 재영 오빠가 있다. 친정집 바로 뒷집에서 살고 있어서 친정에 가게 되면 꼭 만나

보고 올 수 있는 오빠다. 그 오빠는 가을에 추수하면 주변 분들에게 쌀을 나눠주고, 직접 밭에서 수확한 채소들도 나눠주신다. 종종 직접 차린 음식으로 지인들을 불러 대접하며 가족, 친구들과 소통하며 살아가는 오빠의 모습을 보면 정말로 행복하게 보인다. 환갑이 넘은 오빠 스스로도 본인의 삶이 너무나 행복하다고 말한다. 돈이 많아서 행복한 삶이 아니다. 본인이 좋아하는 일인 농사일이 있고, 조금이라도 나누며 살아갈 수 있는 마음의 여유가 있고, 주변에 사람이 늘 끊이지 않는 오빠이기에 진정 행복하다 느끼며 살아가는 것이 아닐까 싶다.

"나는 어떤 명품 옷을 걸치거나 명품 가방을 사는 것보다 이렇게 좋아하는 사람과 좋아하는 곳에서 식사할 때가 가장 행복하고 가장 힐링이 된다."라고 소현 언니는 말한다.

소현 언니에게는 20대 때부터 마음을 치유하고 싶을 때마다 종종 가는 포천의 한정식집이 있다.

어느 날, 언니가 갑자기 그곳에 가자고 한다. 드라이브를 겸해 1시간 남짓 걸려 그곳에 가서 근처에서 산책하고 점심을 먹었다. 고풍스러운 분위기를 가진 한옥 형태의 그 집은 앞에 탁 트인 산이 보이고 공기 또한 참 맑고 좋았다. 음식도 건강식으로 담백하니 깔끔하고 멋스러운 접시에 담겨 있어 한 끼를 훌륭하게 대접받는 기분에 마음이 절로 힐링이 되었다. 그렇게 종종 언니는 맛있는 밥을 사 주기도 한다.

누군가에게 얻어먹는 것보다 살 때가 더 행복하고, 누군가에게 주기 위해 무엇인가를 고르고 상대방이 좋아할 모습을 상상할 때 그보다 행복한 일은 없다. 물론 돈을 어떻게 써도 제약이 없고 통장의 잔액을 굳이 확인하지 않아도 될 만큼 돈에 여유가 있는 상태에서 나누며 살아가는 삶이라면 더할 나위 없이 좋겠지만, 꼭 그렇지 않아도 충분히 나누며 잘 살아가는 사람들이 내 주변엔 꽤 많다. 지금 사는 삶에서 내가 좀 덜 먹고 덜 취해 그 여유분을 함께 나누며 어울려 살아가는 삶, 그러한 삶이 나눔의 삶이 아닌지 다시금 배우게 된다.

누군가를 도와주고, 무언가를 베풀고, 나눌 수 있다는 것은 누구를 위하는 것이 아니라 그렇게 함으로써 내가 더 행복해지는 것, 즉 나를 위한 것이라는 것을 느낀다.

군이 물질적인 보상을 바라지 않아도 내 능력으로 봉사할 수 있다는 것에서 재미와 보람을 느끼고, 무엇이든 주거나 나누려고 하는 삶을 사는 사람은 그가 가진 것에 상관없이 진정한 부자란 생각이 든다. 법륜 스님은 밖에 나가 봉사하는 것도 좋지만 내 부모를 잘 모시는 것 또한 봉사라고 말했다. 우리 모두가 각자의 부모에게 모두 잘하고 산다면 나가서 봉사할 일도 없어진다고 했다. 자신의 부모는 나 몰라라 하고 다른 부모는 챙기는 자식들이 한 번쯤 생각해볼 만한 말이다.

37살에 혼자되신 시어머님을 챙기지 않았던 시어머님의 시댁, 나였다면 그런 시댁을 안 챙기고 싶었을 텐데 시할아버지와 할머니가 돌아가실 때까지 그분들을 찾아뵙고 챙겨 드리는 어머님을 보면서 "어머님. 시부모님이 밉지 않으세요? 어머니가 힘들 때 그분들은 모른 체 하셨잖아요."라고 여쭤본 적이 있다.

어머님은 이렇게 답하셨다. "다 너희 잘되라고 하는 거다." 매사 그러한 마인드로 살아가시는 어머님 덕에 자식들이 무탈하게 잘살고 있지 않나 싶다.

나 또한 어머님을 보면서 배워간다. 어머님과 함께 살아가는 것이 어머님을 위하는 것만이 아니라 나 자신을 위하는 측면도 있다는 생각을 해보게 된다. 어머님을 모시면서 내가 복을 쌓고, '어머님이 쌓으신 복이 그 자식들에게 내려가듯, 내가 쌓은 복도 그렇게 되지 않겠는가?'라는 생각을 해 보게 되는 것이다.

자신의 주관이 확실하시고 자신의 주장을 잘 굽히지 않으시는 나의 아빠, 본인이 계획해 놓은 어떠한 틀에서 전혀 벗어나지 않을 만큼 완벽하고 깔끔한 성격의 아빠는 그 성격 탓에 많은 사람이 어려워한다. 하지만 그런 완고한 아빠 주변에도 사람들이 늘 끊이지 않고 찾아오고, 전화해 주시는 이들이 참 많아 노후를 외롭지 않게 잘 지내시고 있으시다.

최근엔 심혈관 질환 수술을 받으신 탓에 그렇게나 좋아하던 술도 끊으셔서 인생의 재미는 이전보다 덜 느끼시는 듯하지만, 여전히 술 좋아하는 친구분들 모임에 나가 술을 사기도 하시고, 술 마신 친구들을 모두 집까지 데려다주시기도 하신다.

가을이면 수확한 쌀을 매년 지인들에게 선물로 보내시는데, 그 지인들의 리스트를 보고 놀란 적이 있다.

매년 그렇게 많은 사람에게 선물을 보내시고, 자식들에게도 매달 같은 날마다 손주들 학원비에 보태라고 용돈을 넣어 주신다. 무슨 경조사 때마다 잊지 않고 용돈을 부쳐 주시기도 한다.

아빠 자신은 계절에 옷 한 벌만 있어도 될 정도로 매일 거의 같은 옷을 손수 손빨래하셔서 입으시며 검소하게 사신다. 비싼 음식도 거의 드시지 않으시면서 모든 생활에 근검절약이 몸에 밴 분이다. 그런데도 자식들이나 친구, 친척분들에게는 아낌없이 베푸시는 그런 따스한 분이시다 보니 아무리 단호한 아빠이지만 주변에 사람들이 늘 끊이지 않는다.

최근에 부모님같이 생각하는 아빠의 형님인 큰아빠, 큰엄마께서 아주 모처럼 해외여행을 떠나셨다. 우리 집에 비하면 여유가 많으신 큰아빠, 큰엄마임에도 불구하고 해외여행을 가신다고 용돈까지 챙겨 드리시는 아빠의 모습을 보면서 괜스레 내 마음이 다 먹먹해졌다.

아빠보다 해외여행을 많이 못 가신 큰아빠와 큰엄마가 그동안 마음에 걸렸었다며 건강히 잘 다녀오라는 마음에 챙겨 드리셨다고 한다.

그분들은 아빠의 부모님이 일찍 돌아가셔서 그동안 아빠가 부모님처럼 의지하고 생각하며 살아왔던 분들이다.

더욱이 아빠가 결혼하고 방황하던 젊은 날의 시절에도 뭐라고 혼내지 않으시고 묵묵히 "믿는다."고 그 한 말씀만을 해 주셨던 큰아빠의 말씀 덕분에 지금의 아빠가 있다고 하시면서, 아빠는 그때부터 큰아빠를 완전히 부모님으로 여기고 살아오셨다고 한다.

아빠의 모습을 보면서 또 배우게 된다.

형제들끼리 어떻게 지내야 하는지, 어떤 모습으로 살아가야 잘 살아가는 것인지 배우게 된다.

내가 어렸을 적에 아빠는 나에게 많이 엄격하게 대하셨다. 그래서 내 안에 그런 불편했던 습성들이 자리 잡아 이를 극복하기까지 많은 시간이 걸렸다. 아빠가 원망스러울 법도 한데 그러한 마음이 조금도 들지 않고 아빠가 마냥 좋은 이유는 이렇게 평생 아빠가 따스하게 나누는 모습을 보고 배우며 자라온 덕이 아닌가 싶다.

나는 누군가에게 무엇인가를 받으면 꼭 갚을 줄은 알았다.

하지만 먼저 줄 줄은 잘 몰랐다. 마음이든, 물질이든 왠지 먼저 주면 내가 손해 보는 것 같고, 내가 아래가 되는 것 같은 괜한 자존심이 올라와 누군가와의 관계에서 밀고 당기기를 한 적도 있었다.

하지만 이렇게 나눔을 실천하는 주변 분들을 보면서, 먼저 줄 줄 아는 마음이 얼마나 행복한 건지 알고 조금씩 그분들의 모습을 따라 해보니 정말 행복해졌다.

여유가 있어서 주는 것이 아니다.
마음이 있어서 주는 것이다.

5. 비료과 내려놓음

『되고 싶고 하고 싶고 갖고 싶은 40가지』란 책에 임현수라는 사람에 관한 이야기가 있다.

그는 사춘기가 오기 시작한 중학생 때부터 고등학교 3학년 초까지 하고 싶은 것이 없었다. 학교생활도 재미없었고, 갇혀있다는 느낌에 공부도, 노는 것도 내키지 않았다. 그저 집에 돌아오면 밥을 먹고 게임을 하는 것이 일상이었다.

무기력 그 자체였다. 그렇게 목표가 없는 상태에서 시간이 흘러 고등학교 3학년이 되었다. 성적 면에서나 진로 면에서 뚜렷한 성과 없이 시간을 흘려보낸 그의 모습 때문에 가족들은 비상 회의를 열었다. 그 회의를 통해 그가 무엇을 잘하고, 좋아하고, 하고 싶어 하는지 생각하게 되었다. 그때 요리와 미용이 눈에 들어왔다. 그렇게 그는 요리를 선택하여 다른 친구들 수능 준비를 할 때 요리를 배우며 자격증을 준비하고 취득했다. 한식 시험에서는 다섯 번 떨어지고 양식 시험에서는 두 번 떨어졌지만 결국 두 시험 모두 합격했다. 시험 합격을 통해 성취감을 맛보게 되면서 그는 무기력의 아이콘에서 열정의 아이콘으로 바뀌었다. 하고 싶고, 갖고 싶고, 되고 싶은 것이 많아지고 목표가 명확해지니 할 일의 목록 또한 늘어

갔다. 친구들은 수능이 끝나 신나게 놀 시기에 그는 중식 자격증에 도전했고, 수도권에 있는 전문대의 호텔조리학과에 입학하게 되었다. 다행히 자취 생활이나 학교생활에도 잘 적응했고, 동아리 활동도 적극적으로 참여했다. 그러면서 소심한 성격인 줄로만 알았던 본인의 모습에서 놀랍게도 또 다른 여러 모습이 숨어 있다는 것을 발견하게 되었다. 꿈이 생기고 열정적인 사람이 되면서 시간의 소중함을 알게 되고, 그래서 게임을 완전히 끊었다. 그러면서 취미 생활도 하나둘씩 늘어나게 되었다. 클럽에 다니면서 EDM(Electronic Dance Music)과 춤을 즐기고, 옷과 헤어 스타일에 관심이 커져 스타일 패션 쇼핑에도 관심을 가지게 되었다. 이후 군대에 가서는 군 생활을 통해 가족과 함께했던 시간들 하나하나가 소중하고 행복한 시간이었다는 것을 깨닫고, 버킷리스트(Bucket List)를 적고 좀 더 계획성 있게 살게 되었다. 돈을 버는 한편으로 해외여행을 다니며 옷과 헤어, 패션에 관심이 생겨 셀프 탈색과 염색의 고수가 되었다. 그리고 다양한 스타일의 옷을 쇼핑하는 과정에서 좋은 물건을 빠르게 찾아내는 노하우도 생기는 등 여러 면에서 자기관리의 고수가 되었다. 조리사로서 레스토랑 일과 학업을 병행하며 좋아하는 것에도 열렬히 몰입했다. EDM을 좋아해 국내 클럽과 해외에도 나가 여러 공연에 참여하며 지금은 DJ를 꿈꾸고 있다.

이렇듯 본인이 잘하고 좋아하는 일에 도전하여 성취한 결과로 인해 마음의 힘이 생기고, 그 안에서 또 다른 재능을 발견하고 인생이 달라졌다는 이야기를 읽으면서 삶에서 정답의 길은 없다는 생각이 들었다. 학창 시절에는 공부로만 등급을 매기고 결과를 낸다. 그래서 공부에 재능이 없는 아이들은 자신은 참 괜찮은 아이인데 이를 인정해 주지 않는 현실에 무기력함이 생길 수도 있겠다 싶었다.

가장 더운 7월 마지막 주의 여름, 7박 8일 동안 600㎞의 거리를 이동하는 자전거 국토 순례에 중현이는 2년째 참여하고 있다. 한 해는 전라도부터 경기도 파주까지 올라왔고, 작년 한 해는 전라도 곳곳을 순례했다.

작년에는 유난히 오르막길 코스가 많았다고 한다. 다녀와서 "오르막길 올라가느라 힘들었지?"라는 내 질문에 중현이는 시원하게 대답했다.

"엄마. 오르막길 다음에는 분명 내리막길이나 평지가 있어서 그 생각하며 힘든 오르막길을 견딜 수 있었어. 그리고 나 이번에도 중간에 한 번도 버스에 타지 않았어."

국토 순례에서는 참가자들이 힘들면 언제든 중간에 버스에 의존할 수 있도록 버스 한 대가 항상 참가자들과 함께 움직인다. 중현이는 2년 내내 그 버스에 한 번도 의지하지 않은 자신을 대견해 했다. 더욱이 함께 참여한 동네 친구들에게도 버스에 의존하지 말자고 하면서 서로서로 힘을 북돋아 주며 끝까지 자신들의 힘으로 국토 순례를 완주했다고 한다.

중현이의 말을 들으면서 가슴이 먹먹했다. 인생의 큰 깨달음을 짧은 시간 안에 배우고 온 것 같아 너무나 감사했고, 나중에 아이가 커 가면서 지금의 경험이 큰 자양분이 되겠다는 생각을 했다.

아이는 국토순례를 다녀와서 변하기 시작했다.

원래 타고난 근육이 있기도 했지만, 이렇게 긴 시간 동안 국토 순례도 다녀오고 평소에도 즐겨 타는 자전거 덕분인지 중현이의 힘은 나날이 좋아졌다. 학교에서는 팔씨름으로 유명인사가 되었고, 학습으로는 존재감은 없지만, 팔씨름으로는 존재감이 생기면서 목소리에 힘이 생기고, 예전보다 훨씬 더 밝아지고 친구도 이전보다 많이 늘어났다. 무엇보다 주말에 친구들과 약속도 잡아 운동도 하러 나가고, 영화도 관람하고, 게임도 함께하는 등 많이 변했다. 물론 집에서도 많이 달라졌다.

동생한테 자주 짜증 내던 아이가 그 횟수가 줄었고, 방에만 있던 아이가 이제는 거실에 자주 나와 가족과 함께 시간을 보내고 있다.

얼마 전에 아파트가 갑작스럽게 단수(斷水)된 적이 있었다. 그 때문에 야밤에 소방차가 와서 물을 공급해 주었다. 물을 공급받으려는 줄이 너무나 길어 우리는 근처 마트에 가서 물을 사 오기로 했다. 신랑은 아직 귀가 전이라 중현이와 함께 물을 사러 마트에 가기로 했다. 어깨가 좋지 않은 나는 무거운 것을 잘 들지 않아 마트에 갈 때면 늘 카트를 끌고 가는데, 중현이가 그 카트를 뭐 하러 끌고 가냐고 했다. 자기가 충분히 다 들고 올 수 있다는 것이다.

2L짜리 물을 12통을 사 올 계획이라 했더니 걱정하지 말라며 카트를 두고 가라고 했다.

마트에서 물을 사 오는데 얼마 가지 않아 물을 들지 못하고 손이 아프다고 한다. 물은 6통씩 묶여 있었는데, 손잡이가 약해 손가락을 아프게 했나 보다. 유난히 자신의 몸을 아끼는 아들을 아는지라 결국엔 각각 6통씩 나눠 들고 왔다. 중현이는 집에 와서 화장실에서 큰일을 보았고 그러면서 사 온 물 중에서 8통을 다 써버렸다. 들고 오느라 어깨도 아픈 데다 힘들게 사 온 물 8통을 다 써버린 것에 화가 나서 아이에게 혼을 심하게 냈다. 그러자 아들은 울었다. 순간 화낼 상황도 아닌데 감정적으로 화낸 지금의 상황에 뜨끔해서 아이에게 우는 이유를 물었다. 그랬더니 아들은 그 물 12통을 들고 오지 못한 것이 자존심이 상한다고 말했다.

그리고 며칠 뒤 아들의 시험 성적이 나온 날이었다. 성적은 잘 나오지 않았고 아들은 죄송하다고 했다. 다음부터 잘해보겠다고 한다. 얼굴에 속상함이 가득한 중현이의 모습에 화가 나기는커녕 그래도 시험 기간에 공부한다고 했는데 얼마나 속상할까 싶은 마음에 아들의 마음을 위로해 주었다. 그래도 솔직한 마음은 '좀 더 열심히 좀 하지. 너 열심히 안 했잖아.'라는 마음이 여전히 있긴 했다.

갑자기 아들에게 묻고 싶었다.

"중현아. 시험 못 본 것이 속상하니? 아니면 며칠 전에 단수 때문에 물을 샀다가 한번에 다 들고 오지 못한 것이 속상하니?" 중현이는 주저하지 않고 물을 한꺼번에 들고 오지 못한 것이 속상하다고 했다.

공부는 학교에서 잘하지 않기에 시험을 좀 못 봐도 크게 속상하지 않은데, 팔씨름과 힘은 학교에서 1등이라 이를 제대로 발휘하지 못하면 엄청 속상하다는 것이었다.

다시 한번 아들이 나와 다름을 인정하는 계기가 되었다. 엄마의 기준에서 봤을 때는 당연히 시험 못 본 것이 더 속상하다고 표현할 줄 알았는데, 그것이 아니었구나. 그리고 자신이 잘하는 것에는 더 노력하고 지키려는 근성이 있구나 싶은 마음에 그 대답이 맘에 들었다.

그렇게 겨울이 지나고 아들은 중학교 3학년 새 학기를 맞이했다. 먹는 것을 엄청나게 좋아하는 중현이는 밥을 먹고 나면 뒤돌아 간식을 챙겨 먹는 아이다. 그래서인지 방학 동안 몸무게가 5kg이나 늘었다.

아이의 교복이 작아지니 갑자기 살을 빼고 싶다고 한다. 다이어트 시작한 지 네 달째, 좋아하던 간식도 일절 끊고, 밥도 소식(小食)하는 중현이다. 반찬도 젓가락으로 일일이 하나씩 집어먹는다. 즉석 음식은 거의 먹지 않는다. 그렇게나 좋아하는 라면도 먹지 않는다. 유튜브 영상을 보며 운동도 하고, 이것저것 살을 빼기 위한 운동 순서를 적어 그것에 맞춰 운동한다. 모래주머니를 차고 계단을 오르내리는 운동도 하고 줄넘기 4,000개를 하는 등 운동을 통해 두 달 만에 몸무게를 18kg이나 감량했다.

나에겐 공부보다 어려운 다이어트를 열심히 하는 아들이 대단해 보였다.

중현이가 어떠한 이유로 살을 뺐든, 뭐 하나 목표를 정해서 계획을 짜고 실천하는 그 모습, 공부할 때의 모습에선 전혀 발견하지 못한 모습에 남편과 나는 아주 긍정적인 시선으로 이를 보고 있다.

자신이 좋아하는 거라면 뭐든 제대로 빠져서 해낼 아이라는 믿음이 생긴 것이다.

그동안은 그런 목표가 공부 쪽과 관련되었으면 했고, 이왕이면 나중에 아이가 하고 싶은 직업과 관련된 취미에 빠졌으면 하는 마음이었다. 특히 이런 운동 쪽은 더더욱 아니었으면 했다.

그러나 그것 또한 엄마가 틀을 정해놓은 잘못된 생각임을 인정하고, 아이가 좋아하고 하고 싶어 하는 것을 열심히 하는 지금의 모습을 그대로 인정하기로 했다. 그래서 더 지지해 주고 칭찬해 주고 있다.

그러한 부모의 지지 가운데서 자신이 무엇인가를 해낸 성취감을 맛보면 자신감과 자존감이 생길 것이고 앞으로도 무엇이든 하면서 살아갈 수 있다는 마음의 힘이 생길 것이기 때문이다. 그 자신감, 자존감의 상승이 우선이라고 생각했다.

그리고 자율적인 힘, 즉 누가 시켜서 하는 것이 아니라 자신이 하고 싶어서 하고 자신이 계획해서 움직여 보는 것이 중현이에겐 굉장히 필요했다.

아이가 스무 살이 되기 전에, 아직 엄마 품 안에 있을 때 그런 모습을 서서히 보여 주어 감사하다.

자전거로 시작하여 팔씨름, 그리고 지금은 다이어트.

국토 순례 인솔자처럼 강사가 되어도 좋고, 몸을 관리해 주는 헬스 트레이너가 되어도 좋다.

또한, 힘도 좋고 봉사심이 강한 중현이는 응급구조원이 되어도 좋다.

더위에 무척이나 강한 중현이는 소방관이 되어도 좋다.

모두 부모가 그린 큰 그림이지만, 나는 이제 아이가 그 어떤 것이든지 자신이 좋아하는 일이라면, 하고 싶은 일이라면 무조건 좋고 괜찮다고 말해 줄 수 있는 그런 엄마가 되어 있다.

분명 몇 년 전까지만 해도 아이의 바람이나 재능에 상관없이 이런 모습의 아이로 자라야 하고, 아이가 나보다 나은 대학과 나은 직장에 들어가 내 자랑거리가 될 만큼 컸으면 했다. 그런데 지금은 아이의 눈높이와 아이의 관심사에 맞춰 아이 마음의 힘을 키워 주는 것이 부모의 역할이라는 생각이 들었다.

나는 앞으로도 내 역할에 충실할 것이고, 그렇게 성실하게 살아가는 뒷모습을 보여 줄 것이고, 아이가 아주 큰 테두리 안에서 맘껏 하고 싶은 것을 하면서 살아가게끔 지지하고 응원해 줄 것이다.

6. 솔직한 관계

나는 속상하고 화가 나는 일은 글로 쓰면서 내 감정을 풀어내고 이를 다시금 돌아보는 습관이 있다.

그렇게 하면 쉽사리 부정적인 감정이 흩어지면서 별 게 아닌 것이 되어버린다. 그 방법을 계속해 온 이제는 부정적인 감정이 예전만큼 많이 생기지도 않거니와 혹 올라와도 금세 훌훌 털어버리는 힘이 생겼다.

또 혹시 내 안의 상처나 열등감이 보이면 이를 마음속에 갖고 있지 않고 그것 또한 글로 풀어버리고 SNS를 통해 내 마음을 공개하다 보니 서서히 치유되고 가벼워지는 느낌도 들었다.

그러다 보니 자연스레 내 마음속의 이야기를 어디 가서나 쉽사리 꺼낼 수 있게 되었고, 그럴수록 더더욱 내 안의 상처는 씻겨 나가는 것 같았다.

그리고 내가 마음을 내놓은 만큼, 친구들도 마음을 주다 보니 자연스레 '깊은 관계'라는 선물도 받았다.

하지만 처음부터 그랬던 건 아니었다.

나는 워낙 태생이 지나치게 솔직한 편이라 어디 가서나 내 이야기를 쉽게 꺼내는 편이었다. 그런데 그러고 나서 돌아올 때면 후회막급인 경우가 잦았다. '내가 그 이야기를 왜 했지? 내 이미지 실추인데…'라고 생각하면서 스스로 머리를 쥐어박은 적이 한두 번이 아니었다. 실제보다 더 잘나게 보이고 싶었던 열등감이 가득했던 그때도 솔직한 마음을 감출 수가 없어서 내 이야기를 푼수같이 잘 꺼내는 편이었다.

그러나 지금도 여전히 내 마음을 잘 꺼내긴 해도, 예전만큼 후회하거나 자책하지는 않는다.

글쓰기로 내 마음을 매일 들여다본 덕에 마음이 크게 복잡하고 어수선하지 않으니 나도 감당 못 할 말이 입 밖으로 나오지 않게 되고, 혹 별 말을 다 꺼내도 집에 들어와서는 펜을 들 수 있다. 일기장에 내가 밖에서 했던 말이나 그 상황을 다시 시시콜콜 적다 보면 나 혼자 너무 많이 가버린 확대해석의 끈을 스스로 멈추기도 했다.

그리고 이젠 '그래서 어쩌라고? 그게 나야. 너희들은 뭐 완벽해?'라고 생각하는 배짱도 생겼다.

그런데 그렇게 내가 내 이야기를 꺼낼수록, 상대방 역시 한두 명씩 자신의 이야기를 꺼내놓기 시작했다.

꽁꽁 싸매 놓고 자신의 이야기를 꺼내놓지 않던 친구들의 이야기를 들으면서, 다른 양상으로 정도의 차이만 있을 뿐, 누구에게나 고민이 있고 힘겨움이 있다는 것을 깨닫게 되니 내 힘듦을 바라보는 시선이 이전보다는 긍정적으로 바뀌었다.

"세상살이에서 생기는 근심과 답답함을 주변 사람과 나눌 때가 있다. 그런데 이때 형식적인 위로나 격려보다는 마음의 장막을 먼저 풀어헤치고 다가와 '나도 비슷한 아픔을 겪었어.'라고 덤덤하게 말해 주는 이들의 위로가 더 가슴에 와 닿는다."

- 이기주, 『말의 품격』 中

아들을 잃어 그 어떤 누구의 말로도 위로를 받지 못하는 엄마가 있었다. 그런데 그녀에게 몇 해 전에 아들을 잃은 엄마가 와서 "나도 몇 해 전에 아들을 잃었다오."라는 말에 큰 위로를 받았다는 이야기를 들은 적이 있다.

나에게는 15년 전부터 내 상담사 역할을 해 주는 친구가 있다. 그 친구를 만나면 내 마음 깊은 곳의 이야기가 절로 나온다. 그 친구에게 무슨 말을 하면 이래라저래라 해결책을 말해 주는 것이 절대 아님에도, 그 친구를 만나고 돌아올 때면 '다시 잘해봐야지.'라는 생각과 함께 힘이 생겼다. 그러던 어느 날 그 친구의 힘을 알게 되었다. 내가 무슨 말을 하면 자신이 겪었던 마음속 깊은 곳의 이야기나 어디선가 보고 듣고 느낀 이야기를 들려주는 것이었다. 그 이야기를 듣고 있노라면 마음이 풀리면서 위로가 되고 힘이 났다.

살아오면서 힘든 일을 많이 겪었고 경험이 참 많은 친구다. 하지만 그때마다 참 지혜롭고 유연하게 이를 잘 넘기고 너무나 잘 살아가는 친구다. 누가 보면 늘 좋은 일만 있는 사람인 것처럼 긍정 에너지가 마구 샘솟는 친구다.

그녀는 소소한 것을 볼 줄 아는 시선을 갖고 있어서 매사에 다 감사하고 감동한다.

또한, 사람에 대한 편견이 없고, 이래서 예쁘고 저래서 예쁘다고 하며 어떠한 사람을 앞에 데려다 놓아도 금세 친해지는 친화력이 있는 친구이다. 받는 행복보다 주는 행복을 아는 친구, 그래서 뭐든 주는 것을 좋아하는 친구, 지금 이 순간이 행복임을 아는 친구다.

그 친구의 앞에서 무장해제 된 것처럼 나의 별별 이야기를 꺼내 놓을 수 있게 하는 힘은 바로 이런 것이다.

내가 어떤 이야기를 해도 내 이야기를 그대로 인정해 주고, 내 모습 그대로 인정해 줄 거라는 믿음이 있고, 또 내 이야기에 맞게 자신의 이야기를 꺼내 놓을 수 있는 이들 앞에서는 솔직한 마음이 절로 나오니 관계가 좁아질 수밖에 없다.

영화배우 찰리 채플린(Charles Chaplin)은 이런 말을 한 적이 있다. "인생은 멀리서 보면 희극이고 가까이서 보면 비극이다." 어떤 사람은 늘 즐겁고 행복한 일만 있는 줄 알았는데 가까이서 깊게 알고 보니 누구나 힘듦은 있더라는 이야기일 것이다.

정말 그랬다.

혹 누군가가 모든 복을 다 가진 것 같아서 미치도록 부럽다면 그 사람을 잘 몰라서 그렇다고 이야기해도 맞는 말일 것이다.

물론 아주 간혹, 모든 복을 다 가진 사람도 있긴 하다. 부모님이 복을 많이 쌓은 거라고 한다. 그러한 삶을 인정하라고 한다.

그 친구는 매력적인 사람으로 나이 들어가고 싶다고 한다.

"매력적인 사람은 어떤 사람인 것 같은데?"

"이야기가 풍부한 사람, 내 이야기도 좋고 어디선가 보고 듣고 느낀 것을 자신의 것으로 담아내서 풀어낼 수 있는 사람, 어떤 사람이나 어떤 상황에서도 대화를 이어나갈 수 있는 그런 사람이 매력적인 사람 같아."

그 말에 나는 이렇게 답했다.

"넌 이미 매력적인 사람이야."

인생을 살면서 힘듦이 많고 경험이 많은 사람들을 보면 굴곡을 많이 겪은 것 같아 안쓰럽게 여겨질 때도 있었다. 하지만 지금은 그들의 삶을 보면서 존경하게 되고, 그래서인지 지금 내 마음 같지 않은 상황도 유연하게 받아들이는 내가 되어간다. 경험치가 많다는 건 상대를 더 많이 이해하고, 수용해 주는 선이 넓고 깊다는 것을 이제는 알았다. 그런 사람들 주변에는 당연히 사람이 모인다. 예전에는 무탈하게 아무 일 없이 살아가면 참 좋겠다는 생각을 했다면 이제는 오히려 무탈하지 않고 힘든 일을 만나도 이로 인해 더 소중한 것을 깨닫게 되고 감사로 살아가도 괜찮다는 생각을 한다.

아이를 힘들게 키워봤기에 육아로 힘든 엄마들 앞에서 해 줄 수 있는 말이 있고, 시어머님이랑 함께 살고 있기에 시댁의 일로 고충이 있는 이들을 안아 줄 수 있다.

동생의 뜻대로 되지 않는 사업으로 친정이 힘들어하는 것을 보면서 친정 일로 고충이 있는 이들을 안아 줄 수 있다.

그렇게 하나둘씩 고민이 생기면 그만큼 인간관계 이해의 폭이 넓어진다고 생각해도 좋다.

상대의 힘듦에 내가 해 줄 수 있는 이야기가 많아지고, 그렇게 내 이야기를 솔직하게 꺼내 놓는 것만으로도 상대의 마음은 큰 힘이 되고 위로가 될 테니 말이다.

"행복한 사람은 정직한 사람이다."란 말이 있다. 내면까지 깊이 행복한 사람들을 만나면 한결같이 정직한 사람임을 알 수 있다. 정직하다는 것은 솔직하다는 것을 의미한다. 진실하고 투명하다는 것을 의미한다. 자신의 부족함을 솔직하게 인정하고 그 부족함을 개선해 나간다는 것을 의미한다. 행복이란 자신의 약점을 알고 자신을 변화시키는 데 있다.

매일 아침 일기장에 적는 글을 통해 날것의 나를 만나고, 또 나누고 싶은 이야기를 SNS에 글로 적어 지인들과 소통하고, 또 오프라인에서의 만남으로 가족, 친구들과 만나 서로의 진솔한 대화를 통해 오감(五感)으로 행복을 채워간다.

이제는 누군가 내게 "영인아. 너는 언제 행복하니?"라고 묻는다면 바로 대답할 수 있다.

"소통이 된다고 느낄 때 행복해."

나는 나의 날것과 너의 날것이 만나 솔직한 교감이 될 때 가장 행복함을 느낀다.

구. 이왕이면 명품 인생으로

　나에게는 차로 1시간만 달려가면 만날 수 있는 35년 지기 초등학교 친구들인 순희, 효정, 광순이가 있고, 25년 지기 고등학교 친구들인 광순, 정은, 진영, 은자, 미영이가 있다. 모두 고향인 일산의 친정댁 곁에서 사는 친구들이다.

　그들과 쉼 없이 함께했던 그동안의 시간이 있기에 20대의 나이에 사회에 나와 지금까지 또 다른 친구들을 만나면서 크게 집착하지 않고 편안하게 만나게 된 것 같다. 언제나 내 편인 친구들, 늘 그 자리에 옛 친구들이 있다는 그 사실만으로도 참으로 든든했다. 물론 가족의 힘도 있지만, 친구들의 힘도 또 다른 에너지를 주기 때문이다. 그 친구들은 어렸을 때 만나 이제는 결혼해서 사는 친구들이다. 사실 좋아하는 것과 가치관의 차이는 분명 있을 것이다. 그래도 옛 친구라는 공통점만으로도, 지질했던 과거의 내 모습과 지금의 내 모습을 낱낱이 아는 그들이 있다는 것만으로도, 내가 내 모습 그대로 잘 살아갈 수 있는 원동력이 되었다.

　지금 내 모습 그대로도 충분하다고 해 주는 친구들, 어쩌다 무슨 '척'이라도 하면 "왜 저러니? 너답게 행동해."라고 바로 직설적인 화법으로 일침을 날려 주는 친구들이다. 어떠한 속상함과 힘듦 등 별별 이야기를 다 해도 그것만이 내 모든 모습이 아니라는 것을 알고 또 다른 나의 좋은 점을 알고 있는 친구들이기에 그들 앞에만 가면 나는 당당히 날것으로서의 내 모습을 드러낼 수 있다.

"나는 누구인가?", "왜 사는가?" 그러한 질문을 다시 생각해 보면 "어떻게 살아가고 싶은가?"라는 질문으로 바꿀 수 있다. 나는 이 질문을 통해 나 자신을 들여다본다.

가족들과 잘 지내고 싶다.

친구들과 잘 지내고 싶다.

건강하게 살아가고 싶다.

내가 좋아하는 취미생활도 했으면 좋겠다.

내가 좋아하는 일도 하면서 살아가면 좋겠다는 생각을 한다.

내가 원하는 건강, 가족, 친구, 취미, 일이 조화롭게 어우러진 삶을 살고 싶다.

아이를 힘들게 낳으면서 욕심이 들끓었고, 내 안의 상처가 보이면서 이를 치유하고 나 자신을 성장시키기 위해 부모교육을 배웠을 때, 나는 그 힘으로 아이와 소통이 아주 원활해질 줄 알았다.

하지만 분명 머릿속에서는 어떻게 해야 하는지 그 방법을 아는데 실제로는 생각처럼 잘되지 않았다.

내가 건강하지 않았고, 내가 행복하지 않았고, 내 마음 안에 열등감과 상처가 가득했다.

결국 이를 들여다보고 내 마음을 치유하는 것이 우선이었다.

책도 읽고, 일기처럼 매일 글도 쓰면서 나 자신을 들여다보고 심리학 공부도 했다.

꾸준히 부모교육을 배우면서 강사 과정까지 나아가게 되었다.

나에게는 그러한 교육의 힘과, 늘 나를 있는 그대로, 부족한 모습 그대로 인정해 주고 수용해 주는 남편과, 함께 살면서 잔소리할 거리도 많았을 텐데 잔소리 한번 하지 않으신 어머님이 있으셨고, 늘 내 편이 되어 주는 아빠, 엄마가 있으셨다.

또 늘 내 편에서 나를 응원해 주고 잘하고 있다고 말해 주는 친구들도 있었다.

그 힘으로 나는 서서히 어른이 되어가고 있다.

무엇보다 내 욕심으로 생겨난 나의 틀 안에 잘 들어오지 않는 아들이 있었다. 늘 내 모습이 정답이고, 아주 잘 살아가는 것이라고 생각하며 자만심으로 가득했던 내 모습을 깨 준 아들 중현이 덕에 나는 뭐가 중요한지, 어떻게 살아가야 하는지에 대한 답을 서서히 깨닫기 시작했다.

다름을 인정하기 시작했고, 그 다름 속에 모든 사람에게 배울 점이 있고, 소소한 것을 바라보는 시선이 생기고, 모든 것이 감사하고 당연한 것이 아니라 감사해야 하는 '감사함'이라는 큰 진리를 배워가면서 행복을 알기 시작했다.

또한 나와 너무나 닮은꼴인 내 딸 수연이를 보면서 나의 장단점을 객관적으로 바라보기도 했다.

누군가에게 무엇을 받아야만 갚을 줄 알았던 내가 이제는 먼저 줄 줄도 아는 사람이 되어가고 있고, 뭐든 내려놓고 비움이 되어야 채워짐도 있다는 삶의 진리도 알아가고 있다.

미국의 심리학자 매슬로는 인간의 욕구와 관련하여 5단계의 이론을 제시했다.

그에 따르면, 우리가 숨 쉬고, 먹고, 자고, 입는 것에 대한 기본적이고 생리적인 욕구가 1단계의 욕구다.

인간은 1단계가 채워지면 안전의 욕구인 2단계를 원한다.

2단계는 신체적, 감정적, 경제적 위험으로부터 보호받고 싶어 하는 욕구다.

2단계가 채워지면 소속과 애정의 욕구인 3단계를 원하게 된다.

3단계는 누군가를 사랑하고 싶은 욕구, 어느 한 곳에 소속되고 싶은 욕구, 친구들과 교제하고 싶은 욕구, 가족을 이루고 싶은 욕구다.

3단계가 채워지면 존경 욕구인 4단계를 원하게 된다.

4단계는 명예욕, 권력욕이다. 이 욕구는 누군가로부터 높임을 받고 주목과 인정을 받으려는 욕구다.

존경 욕구 중에서 더 상위의 욕구는 역량 통달, 자신감, 독립심, 자유와 같은 자존감의 욕구다.

인간은 4단계가 채워지면 더 높은 단계의 욕구를 원하게 되는데, 5단계의 욕구는 바로 자아실현의 욕구로써 최고 수준의 욕구다.

이 욕구는 모든 단계가 기본적으로 충족돼야만 이뤄질 수 있는 마지막 단계의 욕구로, 자기 발전을 이루고 자신의 잠재력을 끌어내어 극대화할 수 있는 단계다.

이것이 바로 누군가에게 영향력을 주는 삶이다.

나는 3단계까지는 차곡차곡 잘 쌓아 온 거 같다.

하지만 언제부터인가 4단계에서 멈춘 것 같다. 지금의 삶만으로는 충분히 만족되지 않고 있음을 느낀다. 내가 하고 싶은 일이 있고, 이를 준비해 가는 과정에서 생각만큼 이루어지지 않으니 조급한 마음이 생길 때도 있다. 하지만 나에게는 그동안 나를 들여다보고, 나를 단단하게 하고, 나를 성장시켜온 경험이 있다. 지금껏 내가 해온 엄마, 아내, 며느리, 딸로서 해야 할 역할 또한 모두 경험이라 하고 싶다. 이를 통해 삶의 지혜도 생기고 상황에 유연하게 대처하는 능력도 생겼으니 말이다. 그리고 지금은 멈춘 것이 아니고 계속 목적을 향해 가는 과정이라 하고 싶다.

책과 글쓰기 등을 통한 여러 교육의 힘도 마찬가지다.

이젠 하나씩 내가 겪은 경험과 교육의 힘들을 모아 글이든, 말이든 누군가에게 선한 영향력을 주는 일을 하고 싶다. 그러면서 나의 잠재력까지 발견하여 4단계와 5단계를 동시에 채우고 싶다.

마음의 힘이 부족하여 관계가 힘들었던 예전의 나 자신. 특히 아이에게 밀접하게 영향을 줄 수밖에 없는 엄마로서 해야 할 역할이 뜻대로 되지 않는 것이 내가 건강하지 않고 내가 행복하지 않아서 그렇다는 것을 깨닫고 이를 채우며 달려온 경험을 혹 나와 비슷한 길을 가는 엄마들이 시행착오를 덜 겪을 수 있도록 나눠 주고 싶다.

엄마가 건강해지고 행복해지는 삶, 바로 설 수 있게 도움을 주는 조력자의 일을 하면서, 또한 나의 일상에서 좌충우돌 여러 일을 겪으면서 내가 깨달은 진리들을 가장 좋아하는 놀이인 글쓰기로 나누며 살아가고 싶다.

내가 생각하는 명품 인생이란 다음과 같다.

우선 내 몸이 건강하고,

늘 내 편이 되어 주고 따스한 안식처가 되어 주는 가족이 있고,

언제든 불러서 내 안의 헛헛함을 달래 주고 채워 줄 수 있는 친구가 있고,

혼자인지, 여럿인지에 상관없이 함께 어우러져 놀 수 있는 놀 거리가 있고,

그리고 내 잠재력과 역량을 발휘하며 살아갈 수 있는 일이 있는 삶. 이 모든 것이 조화롭게 어우러진 삶이라면 그것이야말로 명품 인생이 아닐까 싶다.

소소한 일상도 의미 있게 담아낼 수 있는 내가 되었으면 좋겠다.

무슨 일이든지 좋은 일, 나쁜 일로 규정짓지 않고 일어난 일은 항상 잘된 일이라는 마음으로 삶을 긍정적이고 유연하게 바라보는 시선이 생겼으면 좋겠다.

어떠한 사람이든 그 사람만의 장점이 보여 예쁘게 바라볼 수 있었으면 좋겠다.

편견을 갖지 않고 있는 그대로 그 사람을 대했으면 좋겠다.

부족한 내 모습을 그대로 인정하고 싶다.

혹 완벽하게 준비되어 있지 않아도 어떠한 일에도 자신 있게 도전하는 내가 되었으면 좋겠다.

미래에 대한 걱정, 불안, 염려는 붙들어 매고 지금 이 순간에 집중하고 이를 행복으로 담아낼 줄 아는 내가 되었으면 좋겠다.

제5장

나를 향한
질문

1. 지금 떠오르는 감사 세 가지

『당연한 일』에서 이무라 가즈키요(井村和淸)는 이런 표현을 했다.

아버지가 계시고 어머니가 계시고, 손이 둘이고 다리가 둘, 가고 싶은 곳을 자기 발로 가고 손을 뻗어 무엇이든 잡을 수 있는 것은 당연한 일이다.

소리가 들리고 목소리가 나오고 당연한 일이다.

세 끼를 먹고, 밤이 되면 편히 잠들 수 있고, 그래서 아침이 오고, 바람을 실컷 들이마실 수 있고, 웃다가, 울다가, 고함치다가, 뛰어다니다가 그렇게 할 수 있는 모두가 당연한 일이라고 말한다.

하지만 이 당연한 일을 잃고 나면, 하지 못하게 되면 당연한 일이 아닌 너무도 감사한 것이라는 것을 알게 된다는 것이다.

우리는 꼭 무엇인가를 잃고 나서야 그것의 당연함과 소중함에 대해 감사해할 때가 많다. 큰아이가 태어난 후 신체발달이 제대로 되지 않았을 때는, 건강한 아이들이면 당연하다고 생각하는 발달을 노심초사하면서 기다리고 아이가 발달과정에 따른 행동을 할 때마다 물개박수를 치며 눈물로 그 발달을 맞이했다.

우리 집에서 아이의 발달과정들은 당연함이 아닌 감사가 되었다.

이은대 작가의 블로그에서 본 일화다. 그는 한때 물질적으로 넘칠 만큼 풍족하고 인생에서 최고로 성공했던 시기가 있었다. 그러나 그런 그의 삶이 사업의 실패로 인해 무너지고, 너무도 힘겨운 시간을 보내고 나서야 이를 극복할 수 있었다. 그는 지금 주변인들에게 글 선생님으로서 선한 영향력을 미치며 살아가고 있다.

그가 한창 사업이 잘될 때, 자두를 무척이나 좋아하던 아내는 여름마다 냉장고에 자두를 두 상자씩 쟁여 놓고 먹었다. 그런데 사업 실패로 단칸방에 살면서 그렇게 할 수가 없었다고 한다.

어느 날 그가 큰맘 먹고 자두 좋아하는 아내에게 시장에서 장을 보면서 자두를 한 상자 사라고 했더니 아내가 비닐봉지에 자두 10개만 담더란다. 그리고 아내는 집에 와서 그 자두를 맛있게 먹으면서 이렇게 말했다.

"예전에 먹던 자두 맛보다 지금 이 맛이 훨씬 맛나다."

예전에 풍족하게 살면서 자두를 집에 많이 쟁여 놓았을 때는 자두가 넘쳐나도록 많은 것이 당연하게 여겨졌고 아무 때나 먹을 수 있는 것이라 그 맛을 특별히 맛있다고 느끼지 못했다. 그런데 지금은 자두 하나도 맛있게 먹을 줄 알게 되었으니, 이것이 바로 감사함이다.

지금 문득 떠오르는 '당연한 일'에 대한 감사함과 기쁨을 주제로 주변 사람들과 나눈 문답을 다섯 가지씩 적어 본다.

사랑 님, 영인
첫째, 일찍 잠들어서 일찍 잠이 깨어 새벽 시간에 좋아하는 수녀님의 책을 정리하며 내 마음도 정리할 수 있는 지금의 시간에 감사합니다.

둘째, 계절을 유난히 느끼는 나. 살랑거리는 바람, 햇살, 하늘, 구름, 여기저기에 피어있는 봄꽃들을 만날 수 있음에 감사합니다. 몸이 건강하여 걸을 수 있고, 마음이 건강하여 이 모든 것을 담을 수 있음에 감사합니다.

셋째, 매일 아침 음악으로 하루를 시작할 수 있음에 감사합니다. 음악 스트리밍 프로그램을 통하여 그날그날 내 기분에 따라 음악을 선택하여 들을 수 있음에 감사합니다.

넷째, 언제든 보고 싶으면 연락할 수 있고 보러 갈 수 있는 나의 부모님이 살아계심에 감사합니다.

다섯째, 나의 소중한 지인들과 이렇게 질문과 대답을 통해 서로 마음을 나눌 수 있음에 감사합니다.

용기 님, 수미

첫째, 가족들이 모두 건강함에 감사합니다.
둘째, 일터가 있어 돈을 벌 수 있음에 감사합니다.
셋째, 고민을 들어 주고 나눌 수 있는 친구들이 있음에 감사합니다.
넷째, 하나님께 무조건 감사합니다.
다섯째, 늘 나를 도와주는 남편이 있음에 감사합니다.

탁월함 님, 정은

첫째, 편안히 숨 쉴 수 있음에 감사합니다.
둘째, 튼튼한 두 다리로 운동할 수 있음에 감사합니다.
셋째, 남편과 아이들이 건강히 곁에 있음에 감사합니다.
넷째, 큰 상을 받은 딸 덕에 맛있는 외식을 할 수 있음에 감사합니다.
다섯째, 매일 삶의 지혜를 깨닫게 해 주시는 주님께 감사합니다.

감사 님, 미영

첫째, 부모님께서 며칠 전에 치매 검사 결과가 정상 범위로 판정을 받으셨음에 감사합니다.

둘째, 오랜만에 모인 식구들과 얼굴 보며 식사할 수 있음에 감사합니다.

셋째, 2년간 더 굴러가길 바랐던 남편 차가 갑자기 멈춰서 하늘이 노래졌는데, 다행히 60만 원이라는 금액으로 해결할 수 있어서 감사합니다.

넷째, 월요일부터 3개월 동안 출근할 곳이 생겨서 감사합니다.

다섯째, 사당역으로 초등학교 때의 친구를 만나러 가는데, 날씨도 좋고 가는 길도 뻥 뚫려서 감사합니다.

배려 님, 소현

첫째, 사촌의 결혼식에서 오랜만에 친척들과 만날 수 있음에 감사합니다.

둘째, 아침에는 큰딸, 오후에는 작은딸과 함께할 수 있음에 감사합니다.

셋째, 편히 누울 집이 있음에 감사합니다.

넷째, 매주 토요일 저녁마다 여행 관련 프로그램, 드라마 같은 TV 프로그램을 느긋하게 시청할 수 있음에 감사합니다.

다섯째, 카카오톡, 카카오스토리 좋은 글로 마무리하며 이렇게 소통할 수 있음에 감사합니다.

2. 내 편이 있는가?

　내 주변의 수많은 사람 중에서도 그 사람 앞에만 가면 가장 나다워지고 나의 솔직한 면을 모두 드러낼 수 있는 사람이 있다. 그래도 부끄럽지 않고, 헤어지고 나서도 이 사람이 나를 어떻게 생각할지 조금도 걱정하지 않게 되는 너무도 편안한 사람, 그런 사람이 누구에게나 한 명씩은 있을 것이다.

　일본 도쿄에서 올림픽이 열렸을 때의 일이다. 지은 지 3년 된 건물을 헐기 위해 지붕을 벗기던 인부들이 뒷다리 쪽에 못이 박힌 채로 벽에서 움직이지 못하고 있는 도마뱀을 발견했다고 한다. 그 못을 언제 박았는지 알아봤더니 무려 3년 전에 박은 못이었다고 한다. 그 도마뱀이 3년 동안 못에 박힌 채 죽지 않고 살았다는 것은 정말 놀라운 사실이었다. 더 놀라운 일은 그 도마뱀이 생존할 수 있었던 이유였다. 그 도마뱀이 살 수 있었던 건 다른 도마뱀 한 마리가 먹이를 물어다 주었기 때문이었다. 못에 박힌 친구를 위해 매일 먹이를 물어다 준 것이다.

　친구라는 단어를 가장 설명할 수 있는 말을 주변에 공모해 보았다. 여러 가지 의견이 있었다.

밤이 깊었을 때도 전화할 수 있는 사람.

나의 아픔을 진지하게 들어 주는 사람.

나의 모든 것을 이해해 주는 사람.

여러 의견 중에서도 단연 1등은 '온 세상이 나를 등지고 떠날 때도 나를 찾아줄 수 있는 사람'이었다.

기쁨을 두 배로 해 주고 슬픔을 반으로 줄여 줄 줄 아는 넉넉함을 가진 사람.

남은 사람들이 다 떠나간 후 마지막까지 그의 존재를 믿고 지켜 줄 수 있는 사람.

단 한 사람에게라도 그런 진정한 친구가 되는 삶은 얼마나 아름다울까?

이러한 사람이 곁에 단 한 명만 있어도 아무리 힘겨운 일이 있어도 이를 견뎌내고 살 수 있다고 했다. 아이들에게는 엄마가 이런 역할을 해 준다면 더할 나위 없이 아이들이 잘 크지 않을까 싶다.

결혼하고 나서는 남편이 이런 역할을 해 준다면 너무도 든든하지 않을까 싶다.

무엇보다도, 이런 친구 한 명만 있으면 평생 외롭지 않을 거란 생각이 든다.

나에게도 그러한 이가 있는가?
언제나 내 편이 되어 주고, 내가 무엇을 해도 무조건 내 말을 믿어 주는 그 한
사람이 있는가? 이를 주제로, 주변 사람들과 나눈 문답을 적어 본다.

사랑 님, 영인

나는 이런 질문을 받으면 제일 먼저 떠오르는 사람이 친구 같고 언니 같은 '엄마'다. 그리고 몇 년 전부터 좀 더 깊은 대화를 하게 된 신랑도 떠오른다.

나에게는 미주알고주알 별별 이야기, 나의 밑바닥에 있는 마음속의 내용까지도 이야기할 수 있는 친구가 있다.

친구마다 쓰임이 있다는데, 그 친구는 나의 많은 것을 이해해 주는 친구다.

그 친구가 나에게 건넨 말 중에 평생 잊지 못할 말이 있다.

"네가 모임에 나와야 난 좋다. 네가 있어서 이 모임이 지금까지 올 수 있었던 것 같아."

나의 자존감을 제대로 올려준 그 말. 그 친구 앞에 가면 가장 나다워지고, 솔직하게 많은 것을 말해도 조금도 걱정이나 후회가 되지 않는, 그런 친구가 곁에 있어서 늘 든든하다.

화합 님, 인영

나에게도 이런 친구가 있다. 그래서 늘 감사하다. 나 또한 친구들에게 더 좋은 벗이 되고자 노력한다. 한동안 아프고 나니 정말 나에게 많은 힘과 위로가 되는 벗이 누군지 더 많이 느끼게 되었다. 힘들 때 묵묵히 옆에서 나를 지켜 주고, 자질구레한 이야기 한마디 하지 않아도 가만히 어깨를 빌려주고 토닥거려 주어 힘이 되는 친구가 최고라 생각한다. 오복(五福) 중에 인복(人福)이 최고라던데 그 친구가 나에게 큰 힘이 되어 줌에 늘 감사하고 즐겁다. 친구는 꼭 나이가 같지 않아도 좋다. 때론 연상, 때론 연하여도 함께 소통하고 공감하며 마음을 헤아려 주는 사람들이 진정한 친구라고 생각한다.

배려 님, 소현

첫 번째로 내 편인 사람은 내가 태어날 때부터 무조건 내 편인 엄마다.

내가 서른 살에 첫 아이를 낳고 엄마와 한창 통화할 때 "내 딸 잘하고 있네. 내 딸 자랑스럽다. 믿는다."라고 말해 주셨는데 내가 그동안 인지하지 못했던 얘기들을 아이를 낳고 나서야 느꼈다. 엄마는 내게 이 말을 평생 해 주셨고, 아마 그 힘으로 지금의 내가 있는 것이다.

두 번째로 내 편은 25년 지기인 내 친구다.

나와 20대, 30대, 40대를 같이한 친구, 내 속을 누구보다 더 잘 아는 친구, 요즘 월, 수, 목요일의 출근길에서 30분씩 수다를 떨어도 늘 좋은 내 친구가 있다.

소신 님, 애란

여자 형제가 없는 내게 '언니'에 대한 로망을 실현시켜 준 올케언니.

시누이와 올케의 관계는 어려운 관계일 수도 있는데, 올케언니의 착한 심성과 깔끔한 성격 덕분에 속마음을 털어놓는 데도 거칠 것 없는 관계가 되었다. 가족이기에 남들한테 털어놓기 힘든 내밀한 문제들도 상의할 수 있고, 힘든 부탁이나 거절도 속상하지 않게 할 수 있는 것 같아 내겐 참 고마운 사람이다.

용기 님, 수미

나의 모든 걸 알고 계시는 하나님.

하나님이 모든 걸 알고 계시고, 보고 계신다는 것을 알면서도 매일매일 작은 죄를 짓는다. 그래도 힘들 때마다 하소연하며 하나님께 기도하고 나면 한결 편안해진다.

탁월함 님, 정은

나의 아빠다.

평생 내 뒤에서 나를 지지해 주고 응원해 주시는 나의 아빠.

내가 언제든 무슨 이야기를 꺼내도 경청해 주고 공감해 주시는 아빠, 이제는 나뿐만 아니라 우리 아이들에게도 그런 아빠다. 아이들 역시 외할아버지의 믿음과 지지를 배신하기 싫어서 열심히 해야 한다는 말이 절로 나오게끔 해 주시는 분이니 항상 감사하다.

감사 님, 미영

젊어서는 서로의 친구나 취미로 인한 인맥에 빠져서 깊이 있는 대화가 그다지 필요 없었던 부부였지만, 요즘은 달거리까지 걱정해 주는 남편이 되었다.

남편은 어차피 평생 나와 한배를 타고 가야 하는 남자 사람 친구다. 젊어서 연애할 때는 몸으로, 지금은 마음으로 깊은 대화를 나누는 진정한 친구가 되었기에 든든하게 의지할 수 있다.

아프지 말고 오래오래 함께했으면 하는 간절한 바람이 있다.

봉사 님, 윤정

친자매 같은 두 친구와 남편, 그리고 생각나는 주변에 있는 친구 언니들.

생각해 보니 나는 엄청 행복한 사람인 것 같다. 예전에는 내가 인복이 없다는 생각이 참 많았는데 어려운 일을 겪을수록 곁에서 한결같이 지켜 주는 소중한 사람들이 꽤 많아서 정말 감사하다.

그중에 한 명으로 내 친구 영인이를 꼽고 싶다.

3. 내 기분을 끌어올리는 나만의 방법

사람은 감정의 동물이다. 순간순간 희로애락을 느끼며 살아간다. 가끔은 어떠한 상황에도 흔들림 없이 변함없는 감정이면 얼마나 좋을까 하고 생각해 본 적도 있다. 그러나 어느 스님의 말처럼, 인간이기에 그럴 순 없다. 대신 그 감정의 근원을 알아차리면 자연스레 마음이 편안해진다고 한다. 매일 아침 내 기분을 끌어 올리는 건 권리가 아니라 의무라고 했다. 오늘 하루, 지금 이 순간 좋은 일이 있어야만 기분이 좋아지는 것이 아니라, 그렇지 않더라도 기분을 끌어 올리는 나만의 방법을 통해 하루를 기분 좋게 시작한다면 다시 오지 않을 '오늘'을 잘 보낼 수 있다.

"아, 이렇게 좋은 날이 또 있을까?

이런 날에 살아 있다는 사실만으로도 행복하지 않니? 이런 날의 행복을 누리지 못하는, 아직 태어나지 못한 사람들이 불쌍해. 물론 그 사람들에게도 좋은 날이 닥쳐오긴 하겠지만, '오늘'이라는 이날은 두 번 다시 오지 않을 거니깐 말이야."

고아원으로 다시 돌아가야 하는 최악의 순간에도 길가에 핀 꽃이 아름답다고 말할 줄 아는 건 그녀의 행복 재능 때문이다.

― 백영옥, 『빨강머리 앤이 하는 말』中

'내 기분을 끌어올리는 나만의 방법이 있다면 세 가지 정도 적어 보자.'를 주제로, 주변 사람들과 나눈 문답을 적어 본다.

사랑 님, 영인

첫째, 나는 아무도 깨어있지 않은 새벽 4시란 시간에 일어나 일기를 쓴다. 글을 쓰며 어제의 어수선하고 복잡했던 나의 감정에 스스로 공감해 주다 보면 그 감정의 근원을 알아차리게 되면서 마음이 스르르 풀린다.

둘째, 혹 복잡했던 일이나 해결책이 필요한 일이 있으면 내 마음을 일기로 정리하고, 마음이 맞는 이와 통화든 만남이든 대화의 방법을 통해 수다로 내 상황을 이야기한다. 그러다 보면 내가 잘 정리했는지 확인받을 수 있고, 지지받을 수 있다. 만약 팁이 필요하다면 그를 통해 수정받기도 하고 도움을 받기도 한다. 또는 정리된 생각을 SNS에 적어 친구들과 생각을 나누기도 한다.

셋째, 걷는다. 걷다 보면 머리가 맑아지면서 좋은 기운이 올라온다. 의학적으로도 '걷기'는 세로토닌(Serotonin)을 분비할 수 있어 걸으면 기분이 좋아진다고 한다. 정말 그렇다.

배려 님, 소현

첫째, 하루 한 개의 좋은 글로 마음을 다스리는 시간이 좋다. 좋은 글을 읽는 순간 나는 마음 부자가 된다.

둘째, 혼자 있는 공간과 시간 속에서 내가 좋아하는 것을 즐긴다. 하루에 기본 3시간 정도 차 안에서 좋아하는 음악을 듣고 넋 놓고 드라이브를 한다.

셋째, 분위기 좋은 카페나 맛집을 찾아 내가 좋아하는 이들과 함께할 때다. 생각만으로도 행복한 일이다.

탁월함 님, 정은

난 분노를 제외하고는 기분을 끌어 올리려고 노력하진 않는다. 그냥 그 감정에 충실하려고 하는 편이다. 젊을 때는 술도 마시고, 사람도 만나고, 떠들기도 했지만 즐거운 일이 아니고 순수한 마음이 아니라면 의미 없다고 생각한다.

단지 불편하고 불쾌한 감정 또는 스트레스는 무조건 자는 것으로 해소한다.

세 가지를 적을 수가 없을 정도로, 나에게 기분을 푸는 방법은 무조건 잠이다.

한숨 푹 자면 모든 부정적인 감정이 초기화된다.

감사 님, 미영

첫째, 퇴근 후 식사와 청소를 끝내고 근처 공원에서 운동하는 것이다. 애인을 보러 가는 설렘이 이런 느낌일까?

둘째, 샤워 후 모두 잘 때 혼자 하는 TV 시청이다. 이게 힐링이 될 줄이야.

셋째, 휴대폰에 있는 사진 보기다. 사진을 보는 것은 추억을 소환해서 그때의 그 기분, 그 사람들과의 소통을 다시금 느끼게 해 준다. 사진을 보는 것은 다음을 기약해 보는 시간이기도 하다.

화합 님, 인영

첫째, '만 원의 행복'이랄까? 아주 가끔 꽃집에 가서 예쁜 꽃을 사서 식탁 위의 예쁜 화병에 꽂아두고 식사하면 왠지 기분이 좋아진다.

둘째, 냉장고에 있는 채소 등 이것저것을 다 모아 밑반찬을 잔뜩 해서 냉장고에 넣어 두면 왠지 뿌듯하고 배부르다.

셋째, 음악을 듣거나 좋은 글귀 한 소절을 읽는 것, 혹은 옛 사진을 통해 추억을 소환하며 힐링한다.

소신 님, 애란

첫째, 음악을 즐긴다. 기타 줄을 뚱땅거리며 만지거나 내가 좋아하는 노래를 크게 듣다 보면 기분이 좋아지는 것을 느낀다.

둘째, 도서관에 가는 것이다. 딱히 목적이 없어도 도서관에 다녀왔다는 사실만으로도 기분이 좋아진다.

셋째, 커피를 마신다. 정신없이 아침 시간을 보내고 식구들이 모두 나간 후에 즐기는 여유로운 커피 한 잔은 마음을 아주 풍요롭게 한다.

봉사 님, 윤정

첫째, 커피를 마시면서 책을 읽는다. 되도록 아주 감동적이거나 몹시 어려워서 푹 집중해야 하는 책이면 더 좋다.

둘째, 좋아하는 미드(미국 드라마)나 드라마를 무한정 돌려 본다. 그러다 무아지경 상태에서 잠들곤 하는데 그렇게 푹 자고 나면 그전 상황이 현실인지, 꿈인지 느껴질 정도로 그냥 좋다.

셋째, 좋아하는 사람과 술 한잔 마시며 실컷 수다를 떨거나 내 마음을 알아주는 사람을 만나는 것이다. 시시콜콜 말하지 않아도 보고만 와도 좋다.

용기 님, 수미

첫째, 기도.
둘째, 수다.
셋째, TV 시청.

4. 나만의 장점

사람들은 저마다 참 다르다. 정답 인생은 없다. 각자 자신만의 기준, 가치관이 있어 이와 닮으면 보기 편한 것이고 다르면 보기 불편해할 뿐이다. 틀림이 아니라 다른 거다. 나는 그 진리를 나이가 들면서 알아가는 중이다.

그래서 이제는 사람들과 교제하는 것이 예전보다 어렵지 않다. '틀림'이 아니라 '다름'임을 인정했고, 그 시선으로 사람들을 이해하는 부분이 늘어났기 때문이다.

누구에게나 배울 점이 있고 장점이 있다는 것을 알아가게 된다. 내 좁은 기준에서 나보다 더 나은 사람들을 멘토로 삼고 멋지다고 생각한 시절이 있었다.

학력, 직업, 경제력, 외모.

'낫다'는 기준을 일정한 부분에서 눈에 보이는 외적인 조건들로만 비교했었다.

하지만 이젠 그보다 더 중요한 많은 것들이 보인다. 누구에게서나 각자 그들만의 장점, 배울 점이 보인다. 살아가는 모습, 관계를 만들어 가는 모습, 각자의 역할로서의 모습, 그들만의 성향에서 보이는 모습 등. 그러니 겉으로 보이는 일부분의 것들이 별 게 아닌 게 되어버린다.

'나만의 장점 세 가지를 적어 보자.'를 주제로, 주변 사람들과 나눈 문답을 적어 본다.

사랑 님, 영인

첫째, 나는 무엇보다도 사람들에게 마음을 표현하는 것을 좋아한다. 누군가를 만날 때면 그들에게 느껴지는 감정을 바로 표현하는 편이다. 그런 내 모습이 좋다.

둘째, 성실, 책임, 정직이다. 나는 나에게 주어진 역할은 책임감 있고 성실하게 하려고 하는 편이다. 그리고 무엇보다 정직하다고 생각한다. 어쩔 땐 숨기지 않아서 곤란한 상황도 있지만, 그래도 난 정직한 내 모습이 좋다.

셋째, 내가 부족한 면을 가진 이들을 보면 그들의 모습을 배우고 따라 하려 한다. 시샘의 감정은 잠시뿐, 수용적인 모습을 가지고 있는 내 모습이 좋다.

탁월함 님, 정은

첫째, 매사에 낙천적이고 긍정적이다. 그래서 언제나 잘될 것이라고 생각하고 힘든 상황도 잘 이겨낸다. 물론 긍정적인 면으로만 너무 기울어진 성향도 좋지 않지만, 그래도 긍정의 힘은 강하다.

둘째, 유머가 많다. 머리가 나쁘지 않은 편인지는 몰라도 순간적인 상황을 유머로 받아치고 심각한 상황이나 어려운 상황은 웃음으로 부드럽게 넘어간다. 이런 내 성향 때문인지 어떤 모임이나 사람이든지 간에 나는 언제나 같이하고 싶은 사람 1순위에 속할 때가 많다.

셋째, 생활력이 강하다. 물론 지금은 놀고 있지만 그래도 항상 돈이 되는 무언가를 한다.

지금이 아니면 나중을 위해서라도 준비하고 노력해서 부가가치를 창출해야 한다고 생각하는 편이다. 허드렛일이라도 자존심 상해하지 않고 즐거운 마음으로 일한다.

넷째, 새로운 것을 항상 배운다. 뭔가를 배우거나 새로운 지식을 얻을 때 내가 살아있음을 느낀다.

나만의 버킷리스트가 있고 이를 실천 중이다. 특히 음악이나 미술에 관심이 많아 장기적으로 꿈을 이루기 위해 천천히 노력한다.

다섯째, 타인에 대한 배려와 공감이 뛰어나다. 나와 이야기하면 편하고 속마음이 술술 나온다는 사람이 많다. 이는 나에게 주어진 능력이지만 아빠에게 배운 능력이기도 하다.

화합 님, 인영

첫째, 성실함이다.

어릴 때부터 성인에 이르기까지, 집에서 장녀라 그런지 책임감도 강하고 늘 성실했다. 그래서 내 성적표에 담임 선생님께서 늘 꾸준히 성실하다고 써 주셨다.

둘째, 상대방의 이야기를 잘 들어 주고 소통을 잘한다.

상대방이 기쁠 때 한 발자국 나서고, 슬플 때 두 발자국 나서 주는 것. 이것 역시 가족 중에서 내가 장녀였기에 동생들을 항상 챙기다 보니 습관화된 건지도 모르겠다.

셋째, 인간관계에서 챙겨 주어야 할 것을 잘 기억하고 표현해 준다. 아주 소소한 거지만 챙겨 주는 것을 통해 때론 상대방의 기쁨이 나의 행복이 된다.

용기 님, 수미

첫째, '피할 수 없다면 즐겨라.'라는 마인드로 매사 긍정적으로 생각하려 한다.

둘째, 유동적인 상황 대응 능력이 좋다. 요즘 사업을 하며 발견한 새로운 장점 중의 하나다. 그때그때 상황에 맞게 해결책이 생각나서 해결하는 능력이 뛰어나다.

셋째, 착하다. 항상 상대방의 처지에서 생각하고 배려하는 마음이 크다.

넷째, 위기대처 능력이 좋다. 감당할 수 없는 큰일이 닥쳤을 때 오히려 차분하게 해결한다.

다섯째, 넓은 오지랖이다.

배려 님, 소현

첫째, 배려심이다. 내가 좋아하는 사자성어로 역지사지(易地思之)라는 사자성어가 있다. 늘 다른 사람의 처지에서 생각하다 보니 배려심이 내 장점이 되었다.

둘째, 누구와의 약속이든 그 약속을 소홀히 하지 않고 지킨다.

셋째, 책임감, 긍정, 성실함이 내 강점이다.

감사 님, 미영

첫째, 나이 먹음과 비례해서 자란 배려심이다. 오지랖으로 표현할 수도 있다.

둘째, 막내라 예전에는 전혀 필요 없던 사항이지만, 이제는 '눈치 100단'이다. 시어머님도 곰보다 여우가 좋다고 한다. '센스'라고 표현하고 싶다.

셋째, 현대 시대에 가장 필요하다는 창의력이다. 만약 내가 요즘에 태어났다면 무슨 일을 하면서 살고 있으려나?

봉사 님, 윤정

첫째, 모든 사람을 편견 없이 너무나 좋아한다는 것이다. 그래서 상처받을 때도 있지만, 그래도 사람들을 통해서 많이 배우고 성장해서 행복하게 잘 살 수 있다고 생각한다.

둘째, 다양한 경험을 통해 회복 탄력성이 강해졌다. 웬만한 일에는 크게 좌절하지 않고 오뚝이처럼 다시 일어선다.
좋은 일과 나쁜 일은 늘 반복되기에 좋다고 자만하지 않고 겸손하고, 나쁜 일이 있어도 슬퍼하지 않고 앞으로 크게 좋은 일이 오려는 징조라 생각하며 힘을 낸다.

셋째, 늘 약속을 지키려 하고 배우는 자세로 살아가려고 노력한다. 뭐든 배우는 것은 너무나 즐겁다. 좋은 이들과 함께하면 더 좋다. 좋은 이들과 함께 성장해가는 기쁨이 가장 행복하다.

5. 살면서 깨달은 진리

신랑은 중학교 1학년 때 아버지가 돌아가셨다. 심정지로 갑작스럽게 아버지가 돌아가셨을 때 어머님의 나이는 37살이었다. 어머님께서는 그 후 2년 동안은 걸어 다닐 때 허공을 걷는 것처럼 정신을 차리기 힘드셨다고 한다. 더욱이 아버지가 사업에 실패하셔서 돈을 남기고 돌아가신 것이 아니라 빚을 지고 돌아가신 상태라 아이들과 살기 위해서는 얼른 정신을 차리지 않을 수 없다고 하셨다.

외할머니에게 삼 남매를 맡기시고 어머님은 일을 시작하셨다. 아는 분의 회사에 들어가서 식당 일을 하셨다. 매일 출퇴근하기 힘든 거리라 그곳에 상주하면서 주말에만 내려와 식구들을 보고 가셨다고 한다. 자식들 한창 클 때 없는 살림에 조금이라도 아이들에게 더 먹이겠다고 식당에서 음식을 싸 가지고 오신 15년의 세월이 어머님의 관절을 망가뜨려 나이 드신 지금은 계단을 오르내리는 것을 많이 불편해하신다. 지금에서야 생각해 보니 음식 재료를 싸가는 것은 불법이지만, 그 당시에는 회사 측에서 어머님의 사정을 알고 일부러 모른 척해 주신 것 같다고 말씀하신다.

결혼 전까지 남편은 자신이 살던 집을 보여 주지 않다가 최근에 산 아파트에 나를 데리고 갔다. 결혼 날짜를 잡고서야 보여준 옛집, 눈물이 나왔다. 대문도 없고 마루도 없는 방 두 칸짜리 허름한 집이었다. 발을 다 뻗지 못할 만큼 작은 방, 도련님과 남편이 겨우 들어갈 수 있는 그 좁은 방에서 어떻게 잠을 잤는지. 남편의 키는 175㎝, 도련님의 키는 178㎝인데, 그만큼이라도 자라 준 것에 감사했다.

이제는 형제들이 명절 때 만나면 옛 시절을 웃으며 이야기한다. 어찌 보면 슬프고 힘들었던 이야기들이 대부분인데, 지금은 삼 남매가 어머님에게 기대지 않고 오히려 각자의 위치에서 열심히 살기 때문에 이렇게 어머님께 용돈도 드리고 힘든 이야기도 웃으며 편안하게 할 수 있다는 생각이 든다.

반면에 친정, 즉 우리 집은 결혼 전에는 편안한 집이었다. 고민 없는 것이 고민이라 할 만큼, 넉넉하지는 않았지만 내가 하고 싶은 것이 있으면 다 해 주셨던 부모님이다. 특히 공부한다고 하면 뭐든 들어 주셨다.

형제분들, 주변 분들과 잘 지내시며 크게 걱정 없는 친정이었다.

그런데 요즘은 동생의 사업이 잘되지 않아 최근 6년 동안 친정 부모님까지 힘들어하시고 동생도 계속 좋지 않은 일이 연거푸 생겼다.

아버님의 죽음으로 너무나 힘든 인생을 사신 어머님이시기에 삶을 사는 자세가 굉장히 유연하시다. 웬만한 일에는 크게 화를 내시거나 속상해하지 않으신다. 웬만한 건 일도 아니다.

아가씨도 마찬가지다. 투정 부리고 살 법한 지금의 상황도 매사 감사해하며 참 잘 살아간다. 남편도, 도련님도 아무리 큰 어려움이 와도 끄떡없을 만큼 삼 남매에겐 단단한 힘이 있다.

어린 시절 부모 없이 할머니 밑에서 가난하고 힘들게 살아온 삶보다 더 힘든 일이 있을까? 그래서 지금도 욕심내고 투정 부리려면 끝도 없지만,

삼 남매는 지금에 감사하고 만족해할 줄 안다.

반면에 친정은 남동생의 사업으로 인해 지금 힘든 상황을 겪는 중이다.

그래도 예전보다 경제적으로 불편함은 있으시지만, 분명 이로 인해 시댁이 힘든 상황을 통해 큰 깨달음을 얻었던 것처럼 친정에도 그러한 날이 올거란 소망을 해 본다.

'내가 살아오면서 깨달은 진리가 있다면 무엇인가?'를 주제로, 주변 사람들과 나눈 문답을 적어 본다.

사랑 님, 영인

태어나서 죽을 때까지 인생을 쭉 펼쳐 보면 그 안에 있는 고통의 양은 누구나 비슷하다고 생각한다.

그리고 복(福)도 남편 복, 아내 복, 자식 복, 부모 복, 재복(財福), 명예 복, 친구 복 등 모든 복이 한사람에게 몰리지 않고 균등하게 배분받는다고 생각한다.

지금 혹 좋은 일이 있다 해서 자만해 할 것이 아니라 감사로 여겨야 하고, 혹 나쁜 일이 있다고 해서 위축되고 소심해 할 필요는 없다고 생각한다. 힘든 일을 잘 견딘 다음에는 분명 선물같이 좋은 일이 일어난다는 인생의 진리를 깨닫게 되었다.

탁월함 님, 정은

인생사 새옹지마. 어떤 일이 좋을지 나쁠지 예측하기 어렵다.

배려 님, 소현

비우면 비울수록, 채울 것도, 채워지는 것도 많더라. 법정 스님의 '무소유'처럼 불필요한 것에 욕심을 갖지 않고 자유로워지고자 한다.

감사 님, 미영

무엇이든 잃어 본 사람만이 그 진가를 안다고 했던가?

역시 돈이 최고인 듯하다. 비워도 봤고, 비우려고 노력도 해봤는데, 결국 채워져야 사람 구실을 할 수 있다는 것을 깨달았다. 내게 삶의 진리는 '유소유'다.

화합 님, 인영

사람답게 살자. 이런들 어떠하리, 저런들 어떠하리. 맑은 날이 있으면 흐린 날도 있고 흐린 날이 있으면 또 하늘이 개기도 한다.

용기 님, 수미

진심은 통하기 마련이다.

진실함 님, 광순

힘든 시기는 시간이 해결해 주는 것 같다.

시간이 지남으로써 그 상황을 받아들이고 그 상황에 맞게 생활할 수 있다. 그러나 시간이 지난다고 해서 다시 돈이 들어오는 것은 아닌 것 같다. 한번 나간 것은 잘 들어오려 하지 않는다.

그럼에도 불구하고 삶은 이어진다.

6. 내가 소중하게 여기는 최고의 가치는?

"우리가 가끔 마주쳤을 때, 왜 더 반갑게 만나지 못했지? 하지만 늘 나도 그랬어. 모든 순간 더 많이 표현하고 싶고, 더 많이 느끼고 싶지만 돌아서면 내 감정이 과잉이었나 하는 생각이 들었어. 이를 추스르는 게 힘들어서 적당히, 반갑거나 즐거워도 적당히, 왜 그랬을까?"

지금은 고인(故人)이 된 배우 김주혁 씨를 애도하며 배우 엄정화 씨가 SNS에 올린 글이 내 마음에 와 닿았다. 살아가면서, 마음에서 느끼는 것만큼 표현을 한껏 하고 살지 못할 때가 많은 것 같다. 이전엔 이런 것들을 표현하는 것을 참 쑥스러워했던 나였다면, 이젠 말로 하는 것은 조금 부끄러워할지라도 글로는 얼마든지 원 없이 느끼고 표현하고 싶은 만큼 표현하며 살아가고 있다. 그러면서 말도 글만큼 표현이 서서히 되고 있다.

감정의 밀고 당기기인가? 예전에는 누군가를 만나도 분명 반갑고 좋은데 내 감정 그대로 반갑다고 좋다고 한껏 표현하면 왠지 내가 손해 보는 기분이었다. '나만 오버하나?', '나만 드러냈나?', '나만 주나?'

누군가와 만나서 서로가 좋아하는 마음을 한껏 표현하고 헤어지면 찜

찜한 것은 없는데, 상대방은 데면데면한데 나 혼자 한껏 표현하고 헤어지고 나면 엄정화 씨의 말대로 '적당히 할걸.'이라고 생각했던 시절이 나에게도 있었다.

하지만 이젠 그러지 않는다. 좋으면 좋다고, 반가우면 반갑다고, 고마우면 고맙다고 내 감정을 고스란히 표현하는 것이 얼마나 좋은지 알게 되었다. 상대방 반응이 어쨌든 내가 좋으면 오케이다. 선물도, 마음도 무엇을 돌려받으려는 목적이 아니라 내가 주고 싶은 순수한 마음으로 건네면 행복하듯이 말이다.

대부분의 사람이 생애가 끝낼 때 가장 후회하며 하는 생각 중의 하나가 바로 '표현을 많이 하며 살걸.'이라고 한다.

예전에는 표현하는 것이 참 서툴고 이를 거의 하지 않았던 시대 가족들이었다. 고맙다는 말도 쑥스러워 잘 못하시던 어머님이 최근 문자를 시작하시면서 표현을 하기 시작하셨다. 얼마 전에 어머님 생신에 남편과 어머님이 주고받은 문자를 보고 내가 다 흐뭇했다. 엄마한테 이만큼의 표현을 생애 처음으로 받아 본 남편이 하트를 다섯 개나 받았다고 신났다. 퇴근해서까지도 룰루랄라 콧노래를 부르니, 나까지도 괜스레 기분이 좋아졌다. 한껏 표현하며 살아가는 것만큼 행복한 일이 또 어디 있을까?

돈도 들지 않는 마음 표현. 앞으로 이를 나, 가족, 내 친구들에게 한껏 표현하며 살아가고 싶은 것이 내가 생각하는 가치다.

이 세상의 누구나 자신만의 능력, 그릇, 역할이 있다고 한다. 자식이 갖고 나온 만큼의 그릇을 알아주고 이에 대해 과욕을 부리지 않고 받아들이는 것이 부모의 참된 역할이 아닐까 싶다.

대신 아이가 그 그릇만큼 최대한 능력을 발휘하며 살아갈 수 있고, 맘껏 꿈꾸고 숨 쉴 수 있도록 창문을 열어 바람을 맞게 해 주고 태양을 바라볼 수 있게 해 주라고 한다.

한 언니가 자신의 목표에 관해 이야기한 적이 있다. 자신은 아이들에게 이래라저래라 가르치는 것이 아니라 참된 어른의 모습을 보여 주는 것이 자신의 목표라고 했다. 시부모로 인해 가슴앓이했던 언니다. 자식들에게 한없이 욕심을 내시고 이전의 잘했던 모습에 반해 조금이라도 서운하게 하면 바로 화를 내시고 더욱더 잘하기를 바라시는 시부모님, 부부 관계가 좋지 않더라도 부모에게 잘하기를 강요하시는 시부모님 때문에 시댁과의 관계가 좋지 않은 시간을 겪으면서 그 어떤 무엇보다 참된 어른의 모습을 아이들에게 보여 주는 것이 자신의 인생에서 가장 큰 목표가 되었다고 한다.

'감사', '배려', '존중'.

그 언니가 말하는, '나잇값 하는 어른이 되기 위해 마음먹고 지키려고 하는 세 가지'가 그 언니의 소중한 가치다.

'우리가 살면서 소중하게 여기는 가치는 무엇일까?'를 주제로, 주변 사람들과 나눈 문답을 적어 본다.

사랑 님, 영인

내가 소중하게 여기는 가치는 소통과 나눔이다.

나누며, 소통하며 살아가는 삶.

"표현하지 않은 감정은 죽은 감정이다."란 말에 공감하며 내가 줄 수 있는 마음을 한껏 표현하며 살아가는 삶, 내가 줄 수 있는 재능을 나누며 살아가는 삶, 그러면서 서로 소통하는 삶.

나는 그런 삶을 사랑하고 앞으로도 그렇게 살고 싶다.

배려 님, 소현

신뢰받는 삶, 믿음을 주는 삶, 약속을 지키는 삶, 모두를 사랑하는 삶이 내가 소중하게 생각하는 삶의 가치다.

용기 님, 수미

진심, 믿음, 사랑, 긍정, 배려, 감사, 나눔 등이 있다. 소통도 좋다.

감사 님, 미영

사람이 미래이고 사람이 가치다.
그 관계를 더 친밀하게 유지하기 위한 모든 것, 그것이 가치일 것이다.

7. 살면서 기뻤던 순간은?

몇 달 전에 신랑이 내게 이런 말을 했다.

"나, 심장이 두근두근 뛰어. 훗날 내가 정말 하고 싶은 일이 생겼어. 그 일만 생각하면 그냥 흥분돼."

빅데이터(Big Data) 관련 일에 대한 이야기였다. 신랑은 통계학과를 졸업했다. 그래서 지금 하는 컴퓨터 업무와 접목하여 충분히 해낼 수 있는 일이기에 빅데이터 자격증을 준비하는 그 시간이 설렌다고 말했다.

매일 아침 출근하여 틈틈이, 주말도 틈틈이 시험을 준비하더니만 오늘 드디어 기쁜 소식을 안겨 주었다. 첫 단계로 볼 수 있는 '빅데이터 분석사 2급'에 합격한 것이다.

신랑은 준비하는 시간이 많이 부족했고, 오랜만에 보는 자격증 시험이라 연습 삼아 봤다는데 덜컥 붙었다. 그것도 꽤 높은 점수로 붙었다.

사실 신랑이 준비할 때부터 나는 신랑이 100% 붙을 거란 확신이 있었다. 그래서 늘 당신은 반드시 붙을 거라고 신랑에게 힘을 주었다. 분명 체력적으로 힘들었을 텐데 오히려 그 과정이 재미있고, 설레고, 흥분된다고 표현하며 준비해 나가는 모습 속에서 난 이미 이 사람이 붙을 거란 확신이 생겼다. 그리고 대단한 시험은 아니더라도 자신이 하고자 하는 일에 대해

기분 좋게 준비해 나가는 과정만으로도 이미 충분히 훌륭하다고 칭찬해
주고 싶다.

'내가 그동안 살아오면서 기억나는 기뻤던 순간이 언제였을까?'를 주제로, 주변 사람들과 나눈 문답을 적어 본다.

사랑 님, 영인

난 오늘이 기쁘다.

전에는 나 자신에게 기쁜 일이 생기면 제일 기뻐했지만 언젠가부터 내가 사랑하는 사람, 즉 내 신랑, 내 아이, 내 부모, 내 형제, 내 친구들에게 좋은 일이 생기면 나 자신의 기쁨인 양 기쁘고 행복하다. 살짝 시샘의 감정이 올라오는 이가 있다면 나에게 있어 그 사람은 내가 진정으로 사랑하는 사람이 아니라고 표현해도 틀린 말은 아니다.

내가 하고자 하는 일에 대해 최선을 다해 준비하고 그 결과 또한 좋다면 그 순간 참 기쁘고 행복하다는 감정이 생겨난다. 그동안 내가 부족하다고 느껴 왔던 엄마 역할을 제대로 배우고자 2009년도에 시작했던 부모교육의 긴 과정을 열심히 이수하고, 5년이 지난 2014년에는 부모교육 강사과정까지 마치고 자격증을 받는 날, 참 기쁘고 뿌듯했던 그 시간이 생각난다.

그리고 무엇보다 가장 기뻤던 순간은 중현이가 수두증 판정을 받고 난 후, 24개월 동안 노심초사해서 아이의 정상 판정을 기다렸던 시간들이다. 28개월이 되던 어느 날에 "더 이상 병원에 오지 않아도 됩니다."라는 의사 선생님의 말씀을 들었을 때 눈물, 콧물로 범벅되었던 그 순간은 지금도 잊을 수 없는 내 생애 가장 기쁜 순간이다.

감사 님, 미영

부모님께서 미술전공은 안 된다고 해서 전산과에 다니면서 아르바이트로 돈을 벌어서 몰래 재수를 통해 들어간 디자인과. 그곳에서 밤낮없이 노력해서 장학금을 탔을 때와 두 번의 자연유산 끝에 내게 온 큰아들 채영이, 6년 만에 우리에게 온 둘째 아들 채우를 만났을 때 등이 세상을 다 가진 듯 행복했던 순간들이었다. 물론 지금도 그 행복은 현재진행형이다.

배려 님, 소현

9월부터 시작한 기타. 기타를 배우러 가는 그 시간이 가슴 설레고 기쁜 순간이다.

비록 마음은 기타리스트지만 몸은 도레미도 잘 안 되는 왕초보다. 그래도 나이 들어 새로운 걸 배운다는 것만으로도 기쁨이다.

용기 님, 수미

내 인생에서 최고로 기뻐서 날뛴 기억은 대학 합격을 전화로 확인했을 때다. 순진이와 부둥켜안고 방방 뛰며 좋아했던 기억이 너무 또렷하다.

큰딸 예린이가 전교 부회장에 당선되었다는 소식을 들었을 때와 둘째 아들 정안이가 시험에서 백 점을 받았다는 소식을 들었던 순간이다.

그리고 신랑의 팀장 승진 소식과 최근에 자격증 시험에 합격한 것이 기뻤던 순간이다.

마지막으로 무엇보다 하나님을 만나 엄청나게 울었던 1999년의 어느 가을날을 아직도 잊을 수 없다.

탁월함 님, 정은

처음 집을 사서 인테리어 했을 때 엄청나게 좋아했던 기억이 난다.

그 이후엔 이런저런 일을 많이 겪으며 너무 좋아하지도 않으려고 했고 슬퍼하지도 않으려고 해서 기억에 남은 건 별로 없다. 이젠 좋은 일들만 많이 생겨서 이런 질문에 많은 답을 하고 싶다.

8. 고마움의 표현

누군가에게 고마운 마음을 표현한다는 건 참으로 행복한 일이다.

나는 "매일 세 사람에게 고마운 마음을 표현해 봐라. 그러면 하루가 정말 행복할 것이다."란 글귀를 읽은 후부터 이를 실천하고 있다.

카카오톡이라는 메신저 프로그램이 생긴 후부터 대부분의 사람은 자신의 근황이나 생각을 카톡 프로필 사진 옆의 공간에 적어 놓는다.

바뀌는 여러 사진과 글을 보면서, 안부를 물을 겸 해서 마음을 표현하는 것을 시작했다.

밥을 얻어먹는 것보다 사는 것이 더 행복하듯, 마음 표현도 마찬가지다. 받는 것도 아주 행복하지만 주는 행복은 더 크다는 것을 알아간다.

얼마 전에 중현 아빠, 즉 신랑의 생일이었다. 매년 생일이면 어머님께 평소 못 하던 말인 "중현 아빠 낳아 주셔서 감사합니다. 힘든 가운데 멋지게 잘 키워 주셔서 감사합니다. 어머님."이란 말과 함께 5만 원의 용돈을 드린다. 친정 엄마는 중현 아빠에게 생일 때면 좀 더 진한 마음 표현을 해 주신다.

아빠도 직접 전화를 주셔서 마음을 표현하신다. 중현이는 생일 축하 케이크를 자르기 전에 아빠에게 감사 인사말을 한다. 수연이는 아빠에게 감사 편지 쓴 것을 낭송해 드린다.

　나는 카톡으로 신랑에게 길게 마음을 표현한다.

　그리고 형제들도 전화나 카톡을 통해 평소 못 했던 말과 함께 마음을 표현한다.

　가깝고 친하다는 이유만으로 '말하지 않아도 내 마음을 알겠지?' 하는 생각으로 표현에 인색했던 시기가 있었다. 이제는 가족이나 절친들과 그럴수록 더 많이 표현하다 보니 관계가 더 돈독해짐을 느낀다.

　그때 신랑이 받았던 글을 몇 개 옮겨 본다.

엄마가 사위에게 보낸 생일 축하 메시지

　"사랑하는 우리 사위. 46번째 생일을 진심으로 축하하네! 사위를 낳아 주시고 키워 주신 어머님께 감사드리네. 가정을 철저히 잘 지키며 누구보다 더 성실하고 열심히 노력하는 나의 사위. 모두의 모델이 되어 주어서 감사하네. 함께 시간을 갖지 못해 너무나 아쉬울 따름이네. 오늘 따뜻한 미역국 먹고 출근했겠지? 음식 솜씨는 많이 없지만 그래도 여러모로 잘 챙겨 주는 현숙하고 지혜로운 내 딸도 너무도 고맙고 감사하구나. 가을비가 간간히 내리는 오늘, 한 주가 시작되는 오늘과 함께 최고의 행복한 하루가 되길 바라네.

　내 사위로 태어나 줘서 생일을 맞아 다시 한번 고맙고 감사하네! 그리고 아주 많이 사랑해."

아가씨가 큰오빠에게 보낸 생일 축하 메시지

"한결같은 큰오빠에게.

오빠. 생일 축하해요. 애교도 없고 표현도 없는 여동생이지만 늘 마음속에서 오빠의 건강과 행복을 기원하고 있네요. 든든한 오빠가 있어서 우리 모두가 행복하게 살고 있어요. 생일 많이 축하해요. 사랑해. 오빠."

딸이 아빠에게 보낸 생일 축하 메시지

"아빠. 안녕하세요. 저 수연이에요.

아빠 생신을 진심으로 축하드려요.

아빠에게 오늘 아침에 문자 메시지 하나를 보내 드렸지만, 그 내용을 한 번 더 포함해서 쓰도록 할게요.

아빠 생일에 비록 생일 선물을 사지는 못하였지만, 제가 나중에 커서는 더욱 큰 선물을 해 드릴게요. 그리고 어제 엄마와 공부하면서 부딪쳤었는데요. 제가 공부를 하기 싫어서가 아니라 피곤해서 울먹거린 모습에 아빠의 기분도 안 좋으셨을 것 같아요. 그런데요. 제가 요즘 사춘기라 그럴 수도 있고, 스트레스나 안 좋았던 감정이 밖으로 확 나온 거 같아요. 제가 전에 드렸던 편지 약속을 지키지도 않고, 말로만 안 한다고 해놓고 행동과 실천으로 지키지 못해 죄송해요.

그리고 맨날 아빠는 회사에 갔다 와서 힘드신데 힘들다는 말과 행동 없이 애써 웃음을 지어 주시고 놀아 주시는 아빠의 모습이 멋져 보였어요. 오빠처럼 아무리 힘만 세다고 멋진 게 아니라, 마음도 자상하고 화도 별로 안 내고 짜증도 안 내는 아빠의 모습이 너무 멋져요.

그리고 아빠의 독서 습관을 닮고 싶은데 엉덩이가 너무 들썩거려서 독서를 못하겠어요.

그리고 아빠는 세상에서 가장 마음씨도 좋고 제일 착하고 멋진 아빠일 거예요. 엄마, 아빠가 결혼해서 저를 낳으신 거잖아요. 아빠, 엄마 딸이어서 행복합니다. 감사합니다.

그리고 아빠를 낳아 주신 친할머니, 그리고 엄마를 낳아 주신 외할머니께도 감사해요.

사랑해. 아빠."

'지금 이 순간 떠오르는 고마운 지인에게 평소 전하고 싶었던 마음을 표현해 보면 어떨까?'를 주제로, 주변 사람들이 나와 나눈 문답을 적어 본다.

감사 님, 미영

비록 글로 표현하는 것은 서투르지만, 행복 찾기 프로젝트를 시작하면서 내가 어떤 삶을 살고 있는지 정리하는 시간이 되어 가는 것 같아서 너무나 좋다.

기옥이와 은하는 말과 행동으로 통하는 술친구라면, 영인이와 소현이는 영혼이 통하는 커피 친구다. 무엇을 해도 내 편이 되어 주는 동생들이지만, 서로 의지하며 평생 함께하자.

고맙고 사랑한다.

화합 님, 인영

좋은 아침이 좋은 하루를 만든다고 한다. 오늘 시작을 예쁜 영인이랑 해서 그런지 내 마음에도 예쁜 꽃이 피었네. 어릴 때 책에서 본 아담하고 예쁜 달맞이꽃처럼 오늘 데이트는 너무나 즐거웠고 영인이랑 나눈 대화들도 의미 있었어. 항상 잊지 않고 연락해 주는 영인이, 고맙고 우리 늘 지금처럼만 한결같이 이어나가자. 고마워. 사랑해.

배려 님, 소현

내가 반했던 영인이만의 장점이 있어. 자기 속을 가감 없이 보여준다는 것, 그래서 나 또한 숨김없이 있는 그대로 표현한다는 거야. 상대방이 어떻게 받아 주느냐도 중요하지만 이렇게 속내를 같이 공감해준다는 것도 좋은 거지. 그냥 표현하고 싶은 대로 표현하며 오늘도 행복하게 살자. 고마워. 사랑해.

용기 님, 수미

영인아. 고마워. 네 자랑 오늘 셀 예배 때 했다.

요즘 불경기라 힘들지만, 그 힘듦을 잊고 행복을 생각하고 꿈꾸게 해 줘서 고맙다.

진실함 님, 광순

너희 가족은 모범 답안지 같은 가족이야.

우리도 그러고 싶지만, 상황상 부끄러워서, 안 해봐서 잘되지 않는다.

그래도 각자 자식을 사랑하는 마음과 사위를 사랑하는 마음은 비록 방법이 달라도 늘 표현하고 있어. 우리 부모님들이 우리를 사랑해 주고 그 마음을 표현해 주듯이 우리도 부모님들처럼 예쁘게 노년을 만들어 가자.

9. 버킷리스트(Bucket List)

특별한 경조사나 약속이 없는 일요일은 괜스레 사람의 마음을 편안하게 해 준다.

뒹굴뒹굴 내가 하고 싶은 것을 하면서 시간을 보낼 수 있는 여유로운 시간. 아이들이 어렸을 때만 해도 주말이 더 분주했다면, 이젠 아이들 각자의 스케줄이 있는 날이 많아져 그런 주말이면 내 마음이 한없이 여유롭다. 그래서 아주 가끔 '버킷리스트(Bucket List)', 즉 내가 죽기 전에 하고 싶은 것들이나 가 보고 싶은 곳들을 적어 보려고 한다. 이런 것은 나이 들어서나 하는 것인 줄 알았는데 아주 젊었을 때부터 하면 더욱 좋을 것 같다는 생각이 들었다.

생각하고 계획한 것들. 그래서 하나씩 실천해 나가고 지워 나가는 맛이 있다.

이처럼 여유로운 주말에는 '버킷리스트'를 작성해 보면 어떨까?

꼭 거창하고 대단한 것이 아니라 소소한 계획이나 평소에 하고 싶었던 것들을 적어보는 것만으로도 행복함이 꽤 많이 생길 것이다.

예전에 신랑과 둘만의 시간이 부족했던 나는 몇 년 전부터 토요일에 하는 둘만의 산책, 둘만의 영화 보는 날, 둘만의 술 마시는 날, 아빠, 엄마와 아이들의 나들이 시간, 친구들끼리 1박 여행 등을 모두 하고 싶어서 계획했는데 지금에서 보니 이를 모두 실천했고 아직도 지키고 있다.

'내가 죽기 전에 하고 싶은 것들은 무엇이 있을까? 살아가면서 하고 싶은 것들, 가고 싶은 곳들이 있을까?'를 주제로, 주변 사람들과 이야기 나눈 버킷리스트를 적어 본다.

사랑 님, 영인

첫 번째, 전국에 있는 유명하다는 산을 모두 등반하고 싶다. 한 달에 한 번이라도 서울 근교의 산부터 시작해서 새로운 산에 도전하고자 한다.

두 번째, 전국 곳곳에 있는 명소를 여행하고 싶다.

세 번째, 해외여행도 정기적으로 다녀오고 싶다.

네 번째, 신랑과 부모, 형제들, 아이들, 내 절친한 친구들, 내 소중한 지인들을 위한 특별 강연회를 하고 싶다.

다섯 번째, 엄마의 교회에 가서 행복 특강을 하고 싶다.

여섯 번째, 엄마와 단둘이 여행을 가고 싶다.

일곱 번째, 악기 하나를 배워서 합주부에 들어가 정기적으로 공연하고 싶다.

여덟 번째, 개인 트레이닝을 받아 좀 더 몸매를 예쁘게 만들고 싶다

아홉 번째, 일 년에 한 번씩은 무조건 부모님, 형제들과 가족여행을 추진하고 싶다.

열 번째, 글쓰기로 마음을 치유하며 다른 사람들과 이를 나누며 살아가고 싶다.

용기 님, 수미

첫 번째, 혼자 맘껏 여행하기.

두 번째, 친구랑 여행하기.

세 번째, 스카이다이빙.

네 번째, 엄마, 여동생과 여행하기.

다섯 번째, 바디 프로필 사진 찍기

여섯 번째, 전국 야구장 투어.

배려 님, 소현

첫 번째, 죽기 전에 사업 한 번 하기.

두 번째, 매년 해외여행 가기.

세 번째, 늙어서도 즐길 수 있는 취미 갖기.

네 번째, 지인과 함께할 수 있는 공간인 다실 만들기.

다섯 번째, 죽는 날까지 여자로 살기.

여섯 번째, 인자한 모습으로 늙기.

일곱 번째, 언제나 1차 술자리는 쏠 수 있을 만큼 벌기.

여덟 번째, 전 세계는 아니어도 전국 일주하기.

아홉 번째, 재능기부 할 수 있는 능력 만들기.

탁월함 님, 정은

첫 번째, 내 이름 걸고 부동산 업체 경영하기.

두 번째, 친정 아빠에게 벤츠 한 대 뽑아드리고 친정엄마에게 제일 좋은 밍크코트 사 드리기.

세 번째, 친정 부모님을 한 달 동안 바르셀로나에서 출발하는 유럽 일주 크루즈 여행에 보내 드리기.

감사 님, 미영

첫 번째, 복근을 만들어 비키니 화보 찍기.

두 번째, 서핑을 배워서 하와이에서 서핑하기.

세 번째, 스킨스쿠버 국제 면허 따기.

네 번째, 그림을 배워 개인 전시회 개최하기.

다섯 번째, 세계지도에 발 도장 찍기.

아무리 좋은 소통 기술을 알고 있어도 내 심신이 건강하지 않고 내가 행복하지 않으면 아는 만큼 그 기술이 나오지 않았다. 혹 입으로는 말하고 있어도 마음은 진심이 아니기 때문에 아이들이 무조건 이를 눈치채기 마련이었다. 그래서 아이들과 함께하는 시간이 마냥 행복하지만은 않았다. 부모교육을 배우면서, 또 그것을 아이에게 적용하면서 나는 알아간다. 내 마음이 아주 아팠다는 것을 말이다. 내 인생이 정답이고 나만큼 살면 잘 사는 줄 알고 아이에게 '나만큼만 살아라.'라는 식의 강요를 알게 모르게 했던 나였다. 자만하며 살았고 교만했던 시간이었다. 내가 중현이를 키우면서 주어진 엄마 역할 덕분에 내 인생과 다른 이들의 인생은 틀린 게 아니라 다를 뿐, 그 어떤 인생도 정답 인생이나 오답 인생은 없다는 것을 배우게 되었다.

예전에는 내 바람대로, 내 뜻대로 인생이 흘러가지 않으면 실패라고 생각했다.

하지만 오히려 뜻대로 되지 않는 인생 덕분에 더 큰 것을 배웠다.

아팠고, 내 바람대로 커 주지 않고, 나와 다른 성향의 아들인 중현이를 키우면서 많은 것을 깨달았다. 책을 읽고, 글을 쓰고, 교육을 듣고, 사람들을 만나고 이로 인해 나 자신을 알아가게 되면서 나를 사랑하기 시작했다.

껴안아 주고, 뽀뽀해 주고, 챙겨 주는 것만이 사랑이라고 생각했는데,

있는 그대로의 나 자신을 수용하는 마음이야말로 진정한 사랑이라는 것을 알게 되었다. 그러면서 예전의 삶이 내 안의 부족한 부분을 드러내지 않으려고 더 많이 부단히도 노력했던 삶이었다면, 이젠 그 부족한 부분도 과감히 드러내면서 나 자신을 있는 그대로 사랑하는 삶이 되었다.

나 자신을 점차 사랑하기 시작하면서, 주변 사람들도 보이기 시작했다. 한결같은 남편의 진가도 알게 되었고, 든든한 나무같이 늘 내 등 뒤에 서 있어 주시는 나의 친정 부모님, 잔소리를 거의 하지 않고 내 말에 귀 기울여 잘 들어 주시는 나의 시어머니, 나와 많이 닮았고 나에게 없는 면까지도 가진 부러운 나의 딸 수연이, 나를 무한하게 성장시켜 주면서 내 고정된 틀을 완전하게 깨 주는 나의 아들 중현이, 형제들 그리고 나의 친구들의 존재를 다시금 깨닫게 되어 참으로 감사하다.

이제는 누군가가 나에게 "왜 사니?"라고 물어본다면, "어떻게 살고 싶은데?"라고 그 질문을 바꿔 대답해 보고 싶다.

우선 몸도 마음도 건강하게 살고 싶다.

그리고 내 가족들, 친구들과 소통하고 나누며 마음을 더 표현하며 살고 싶다.

내가 좋아하는 취미 생활을 하며 살고 싶다.

내 가족, 친구, 지인들, 내가 만나는 엄마들에게 좋은 에너지를 전달해 주며 살고 싶다.

만약 엄마 역할을 해 보지 않았다면 인생에서 뭐가 중요한지도 모르고, 많은 것을 놓치고 갔을지도 모르겠다.

엄마 역할을 해 본 덕분에 지금의 나는 내가 누군지 알아가고 있고, 내 안에 상처도 들여다보게 되었고, 나의 부족함도 알게 되었다.

눈에 보이는 수많은 것이 전부가 아니다. 나를 있는 그대로 사랑하는 마음, 그럼에도 불구하고 감사함으로 살아가는 마음, 나누며 살아가는 마음, 비우며 살아가는 마음, 진솔하게 살아가는 마음으로 내 소중한 지인들과 소통하고 나누며 살아가다 보니 행복도가 이전보다 많이 올라왔다 .

그러면서 점차 관계도 많이 편안해졌다. 특히나 아이들과의 관계도 편안해지기 시작했다.

분명 예전보다 아이의 모습이 크게 달라진 것은 아니다.

하지만 아이를 바라보는 나의 시선이 이전과는 많이 달라졌다. 전에는 내가 정해 놓은 틀이 있고, 규칙이 많아 그동안 아이가 얼마나 답답했을까 하는 미안한 마음이 든다. 아이는 내가 자라왔던 모습과는 다르게 커 가고 있지만, 그래도 아이의 타고난 성향대로 잘 크고 있다고 생각한다. 그 고유한 성향, 고유한 모습대로 커 가게끔 곁에서 지켜봐 주고 믿어 주는 것만이 부모가 할 수 있는 최선의 역할이라고 생각한다.

내가 생각하는 명품 인생이란 다음과 같다.

우선 내 몸이 건강하고,

늘 내 편이 되어 주고 따스한 안식처가 되어 주는 가족이 있고,

언제든 불러내서 내 안의 헛헛함을 달래 주고 채워 줄 수 있는 친구가 있고,

혼자든지 여럿이든지에 상관없이 함께 어우러져 놀 수 있는 놀 거리가 있고,

그리고 내 잠재력과 내 역량을 발휘해서 나누며 살아갈 수 있는 일이 있는 인생. 그런 점들이 조화롭게 어우러진 인생이라면 그것이야말로 명품 인생이 아닐까 싶다.

소소한 일상도 의미 있게 담아낼 수 있는 내가 되었으면 좋겠다.

모든 일을 좋은 일과 나쁜 일로 규정짓지 않고 일어난 일은 항상 잘된 일이라는 마음으로 삶을 긍정적이고 유연하게 바라보는 시선이 생겼으면 좋겠다.

어떠한 사람이든 그 사람만의 장점이 보여 예쁘게 바라보게 되었으면 좋겠다.

편견을 갖지 않고 있는 그대로 그 사람을 대했으면 좋겠다.

부족한 내 모습을 그대로 인정하고, 완벽하게 준비되어 있지 않아도 어떠한 일이라도 자신 있게 도전하는 내가 되었으면 좋겠다.

미래에 대한 걱정, 불안, 염려는 붙들어 매고 지금 이 순간에 집중하고 이를 행복으로 담아낼 줄 아는 내가 되었으면 좋겠다.

명품 인생 별 것 없다.

서로 다름을 인정하는 삶.

나 자신을 사랑하고 상대를 사랑하는 삶.

"무슨 일이든 단지 일어난 일일 뿐, 좋고 나쁜 일은 없다."라는 마음으로 사는 삶. 그럼에도 모든 것에 감사하는 마음으로 주변인들과 소통하고 나누며 마음을 표현하며 살아가는 것이야말로 진정한 명품 인생이다.

나는 무슨 일을 해내는 과정에서 90%의 과정까지 거의 도달했다가도 그만두는 일이 참 많았다.

그래도 이번에 책 쓰는 것만큼은 꼭 해내고 싶었다.

'15년 동안 꾸준히 매일 아침 글을 썼던 내 모습만으로도 충분히 책 한 권 낼 수 있어.'라고 자신을 다독이며 달려왔다.

내가 매일의 글쓰기 습관을 갖게끔 온라인에서 글쓰기를 함께하며 나를 도와주었던 '군포 1,000일 글쓰기 팀'에게 감사한다.

소영 선생님, 미숙 선생님. 그분들에 대한 감사함을 잊을 수 없다.

친한 친구들하고만 소통하다가 부모교육 팀 티칭(Team teaching)을 통해 알게 된 김미경 선생님, 더 넓은 곳으로 나와 엄마들을 성장시키고 싶어 하는 큰 꿈으로 초등학교 선생님을 그만두신 김미경 선생님 덕분에 내가 블로그 세상에서 소통을 시작할 수 있었다.

그만큼 미경 선생님에 대한 고마움을 잊을 수가 없다.

내가 상담 공부를 할 수 있도록 긍정적인 자극을 주고, 무슨 이야기라도 나누게 되면 나 자신을 들여다보게끔 긍정적인 자극을 주었던 숙연 선생님에 대한 고마움 또한 잊을 수가 없다.

블로그를 하면서 알게 된 글장이 이은대 선생님, 선생님은 내 마음 한편에 있었던 책 쓰기의 꿈을 실현시켜 주신 분이다. 이 분 또한 평생의 은인이 될 것 같다.

블로그를 통해 처음으로 마음을 나누었던 글사랑 식구들덕에 네이버가 지속하는 한평생 글쓰기를 하고 싶다는 소망이 생겼다.

그리고 늘 든든하게 큰 나무처럼 내 등 뒤에 서 계시는 아빠, 엄마.

늘 아빠, 엄마 곁에서 한결같이 힘이 되어 주시고

함께해 주시는 이모, 삼촌, 오빠.

결혼 후 16년 동안 늘 한결같이 대해 주시는 시어머님.

내 옛벗인 초등학교 친구, 고등학교 친구들.

큰아이를 키우면서 인연을 맺게 된 병설 모임, 자뻑회, 담소 모임.

나에게 평생 상담사 역할을 해 주는 지은 언니.

그리고 엄마를 늘 행복하게 해 주는 고마운 내 딸 수연이.

내가 무슨 말을 해도, 무슨 행동을 해도 있는 그대로 나를 무한정 수용해 주는 고마운 내 신랑 허형무.

자신들의 위치에서 묵묵하게 열심히 살아가고 있는 도련님과 아가씨, 누구보다 따뜻하고 착한 심성을 지녔으며 20대의 나이에 나보다 사회생활을 먼저 시작하면서 누나에게 용돈을 쥐여주었던 하나밖에 없는 내 동생, 이영남. 동생은 아직 자신의 길에서 방황하는 중이지만 곧 자신의 길을 꿋꿋하게 걸어갈 거라 믿는다.

　그리고 그 어떤 누구보다 내가 진정으로 어른이 되어 갈 수 있었던 건 내 큰아들인 허중현이 나에게 선물처럼 와 준 덕분이다.

　이 모든 분에게 감사하다.

　그리고 특히 내 아들 허중현에게 엄마 아들로 와 줘서 고맙다고 전하고 싶다.

　"아들. 사랑해~!"